絕對合格

機能分類

考試分數大躍進
累積實力
百萬考生見證
應考秘訣
4
根據日本國際交流基金考試相關概要

日檢文法

寶石題庫

吉松由美・西村惠子・大山和佳子・
山田社日檢題庫小組 ◎合著

N4

山田社

讓挑戰題變成得分題，
本書用，機能分類，打鐵趁熱，回想練習，
讓您記得快又牢！

快又牢 ❶ 機能分類，文法速記 No1

配合 N4 內容要求，類別包羅萬象，學習零疏漏，速記 No1！

快又牢 ❷ 一次弄懂相近文法，機能分類記憶法

由一個機能，衍伸出好幾個相關的文法，比較彼此的關聯性及差異性，同時記住一整串。

快又牢 ❸ 想像使用場合，史上最聰明學習法

針對新制重視「活用在交流上」，從「文法→機能串連」，學習什麼話題，用什麼文型，什麼時候使用，效果最驚人！

快又牢 ❹ 活用中學習，從生活例句學單字

以同級詞彙撰寫生活例句，學文法順便補充單字量，單字不死背，日檢技能全方位！

快又牢 ❺ 打鐵趁熱，回想練習記憶法

背完後，打鐵趁熱緊跟著「回想練習」，以「背誦→測驗」的學習步驟，讓文法快速植入腦中！

快又牢 ❻ 查閱利器，50 音順金鑰索引

貼心設計 50 音順金鑰索引，隨查隨複習，發揮強大學習功能！

快又牢 ❼ 利用光碟大量接觸例句，聽覺記憶法

新日檢強調能看更要能聽。利用光碟反覆聆聽，文法自然烙印腦海，再忙也不怕學不會！

本書七大特色：

◆ 機能分類 × 比較相近用法，考試強大後援團！

　　為了解決您老在陷阱選項中難以自拔的問題，本書完整收錄 N4 考試內容，並依判斷、比較、希望、意志…等機能，把意思相同或相近的文法分類在一起。讓您對照、比較相近用法的差異及其關連，幫助您一次釐清所有文法，不再混淆。當不再受陷阱選項影響，正確答案立即浮現。

　　同時不論是考試，還是生活應用，遇到分類主題，立刻啟動連鎖記憶，喚醒整串相關文法。不管是常考、愛考、一直考的文法，各個都不怕。這樣為您累積豐厚實戰力，成為您考試的強大後援團。

◆ **關鍵字說明 ✕ 道地生活例句，文法一點就通！**

　　本書完整收錄日檢 N4 必考文法，並將文法說明內容精簡，再精簡！僅以關鍵字點出文法精隨，讓您以最少時間，抓住重點，刺激五感，製造聯想。再配合專業日籍老師撰寫生活化道地的例句，就是要您文法一點就通。這樣學習文法更自然，更能順著直覺迅速反應。讓您面對文法不再頭痛燒腦。

◆ **靠「句子」學同級單字，好處更多！**

　　不要您再苦心背單字，本書讓您靠「句子」學單字。書中例句除了配合 N4 程度生活情境外，還精心使用同級單字。不僅如此，再加碼，又補充這些單字的相近詞，在同頁下方的單子補充欄裡。這樣，一方面讓您從活用中學習，加深記憶軌跡，另一方面「點→線」方式學習單字用法，有效率的增加單字量，可將單字量補好補滿！

◆ **學過文法立即測驗，讓挑戰題變成得分題！**

　　每單元學過文法後，馬上在對頁精心設計該單元的文法選擇題及句子重組題。讓您在記憶猶新之下進行回想練習，邊學邊練，記憶自然深植腦海！而文法學習與題目練習，安排於同一跨頁的版型，方便您針對錯的題目歸納出不熟的是哪個部分，回去複習，這樣讓挑戰題變成得分題！

◆ **針對日檢題型，知己知彼，絕對合格！**

　　日檢 N4 文法共有 3 大題，本書的題型主要針對第 1、2 大題，但也可以活用於第 3 大題。為了讓您在相近文法中選出正確答案，必須要清楚理解正確的用法及意義，並能辨識容易混淆的相近用法，同時還要有讀懂句意的閱讀能力。另外，句子重組則是訓練讀者掌握句子的結構，對於鍛鍊口說和寫作技巧也有莫大的幫助。本書將會幫助您大量且反覆的訓練這 4 項技能，日檢文法自然迎刃而解。

◆ **貼心 50 音排序索引，隨時化身萬用字典！**

　　書末附上文法索引表。每當遇到不會的文法或是突然想要查找，本書就像字典一樣查詢精準，且由於文法皆以機能編排，讀者不但能根據所需從任意機能開始閱讀本書，查一個文法還能一併複習相似文法。當文法變得輕鬆好找，學習也就更加省時、省力！

◆ **聽日文標準發音，養成日文語感、加深記憶！**

　　所有文法及例句皆由專業日籍教師配音，反覆聆聽便能將內容自然烙印於腦海，聽久了還能自然提升日文語感及聽力。不只日檢合格，還能聽得懂、說得出口！且每篇只需半分鐘，讓您利用早晨、通勤、睡前等黃金零碎時間，再忙也不怕學不會！

　　自學以及考前衝刺都適用，本書將會是您迅速合格的考試軍師。充分學習、練習、反覆加深記憶，並確實擊破學習盲點，從此將文法變成您的得高分利器！迎戰日檢，絕對合格！

目錄
もくじ

日檢文法機能分類

N 4

寶石題庫

JLPT

1 助詞（1）

／助詞（1）

◆ でも ／(1)…之類的；(2) 就連…也

→ 接續方法：{名詞} ＋でも

【舉例】

（1）天気もいいことだし、海でも行きましょうか。
　　　既然天氣如此晴朗，要不要去海邊呢？

【極端的例子】

（1）日本語の発音は、日本人でも難しいです。
　　　日語的發音連日本人也覺得不容易。

（2）この問題は、専門家でも難しいでしょう。
　　　這個問題，連專家也會被難倒吧！

◆ 疑問詞＋でも ／無論、不論、不拘

→ 接續方法：{疑問詞} ＋でも

【全面肯定或否定】

（1）好きなビールをどれでも選んでくれ。
　　　喜歡的啤酒任挑任選。

（2）道具をそろえて、だれでも使えるようにした。
　　　把道具都準備好，讓大家都可以使用。

（3）あなたのことをいつでも忘れない。
　　　我永遠都不會忘記你的。

單字及補充

| 発音 發音 ｜字 字，文字 ｜専門 專門，專業 ｜難しい 難，困難，難辦；麻煩，複雜 ｜道具 工具；手段 ｜使う 使用；雇傭；花費 ｜夢 夢 ｜食べ放題 吃到飽，盡量吃，隨意吃 ｜飲み放題 喝到飽，無限暢飲 ｜宴会 宴會，酒宴 ｜合コン 聯誼 ｜歓迎会 歡迎會，迎新會 ｜送別会 送別會 ｜空く 空著；（職位）空缺；空隙；閒著；有空 ｜代わりに 代替，替代；交換

◆ 疑問詞＋ても、でも ／(1) 無論…；(2) 不管（誰、什麼、哪兒）…

→ 接續方法：{疑問詞} ＋ {形容詞く形} ＋ても；{疑問詞} ＋ {動詞て形} ＋も；{疑問詞} ＋ {名詞；形容動詞詞幹} ＋でも

【不論】

（1）どんなに辛くても夢を諦めない。

不管多麼辛苦，我都不放棄夢想。

（2）何があっても、明日は出発します。

無論如何，明天都要出發。

【全部都是】

（1）2時間以内なら何を食べても飲んでもいいです。

在兩小時之內，可以盡情吃到飽、喝到飽。

練習

Ⅰ [a,b] の中から正しいものを選んで、○をつけなさい。

① のどが渇きましたね。水　（a. にも　　b. でも）　飲みましょうか。

② いくら　（a. ほしくても　　b. ほしいでも）　、これはいただけません。

③ 私はいつ　（a. でも　　b. にも）　あなたの味方だよ。

④ 今度の日曜日、映画　（a. へも　　b. でも）　行きましょうか。

Ⅱ 下の文を正しい文に並べ替えなさい。＿＿＿＿に数字を書きなさい。

① ＿＿＿＿ ＿＿＿＿ ＿＿＿＿ ＿＿＿＿ っておもしろいですね。

　　1. どこ　　2. 洗濯機　　3. 使える　　4. でも

② この仕事は、男性 ＿＿＿＿ ＿＿＿＿ ＿＿＿＿ ＿＿＿＿ OK です。

　　1. 何　　2. さい　　3. なら　　4. でも

2 助詞（2）

／助詞（2）

◆ 疑問詞＋か ／…呢

→ 接續方法：{疑問詞}＋{名詞；形容動詞詞幹；[形容詞・動詞]普通形}＋か

【不確定】

(1) 彼がいつ来るかご存知ですか。
   您知道他何時會來嗎？

(2) 今日何を食べるか迷っちゃうね。
   猶豫著不知道今天要吃什麼。

(3) 彼らがどこにいるか知っています。
   我知道他們在哪。

(4) 鍵がどこにあるか忘れました。
   我忘記鑰匙放在哪裡了。

◆ かい ／…嗎

→ 接續方法：{句子}＋かい

【疑問】

(1) あいつがどうかしたかい。

   那傢伙是怎麼啦？

(2) ちょっと見せてもらってもいいかい。

   可以讓我看一下嗎？

單字及補充

| ご存知 您知道（尊敬語） | 存じ上げる 知道（自謙語） | 知る 知道，得知；理解；認識；學會
| 食べる 吃 | 鍵 鑰匙；鎖頭；關鍵 | 忘れる 忘記，忘掉；忘懷，忘卻；遺忘 | 見せる 讓…看，給…看
| 見える 看見；看得見；看起來 | 見付ける 找到，發現；目睹 | 見付かる 發現了；找到

(3) みんな今日は楽しかったかい。
  きょう たの
  今天大家都開心嗎？

(4) 私の描いた絵を見てくれるかい。
  わたし か え み
  可以幫我看一下我畫的畫作嗎？

練習

Ⅰ [a,b] の中から正しいものを選んで、○をつけなさい。
  なか ただ えら

① 次の中で誰が一番好き　(a. か　　b. を)　お答えください。
  つぎ なか だれ いちばん す　　　　　　　　　　　　　こた

② たくさん買い物をした　(a. のだ　　b. かい)？
  か もの

③ 次はいつドイツに行く　(a. か　　b. の)　決めましたか？
  つぎ　　　　　　　　い　　　　　　　　　　　　き

④ この贈り物をくれたのは、山田さん　(a. かい　　b. から)？
  おく もの　　　　　　　　　やまだ

⑤ 明日なにを持っていく　(a. が　　b. か)　わかりません。
  あした　　　　も

Ⅱ 下の文を正しい文に並べ替えなさい。_____ に数字を書きなさい。
  した ぶん ただ ぶん なら か　　　　　　　　　　すうじ か

① 先生が　_____ _____ _____ _____　知りません。
  せんせい　　　　　　　　　　　　　　　　　　し
  1. いる　　2. どこ　　3. か　　4. に

② 研究員として　_____ _____ _____ _____？
  けんきゅういん
  1. やって　　2. かい　　3. つもり　　4. いく

|楽しい 快樂，愉快，高興　|楽しむ 享受，欣賞，快樂；以…為消遣；期待，盼望　|描く 畫，繪製；
  たの　　　　　　　　　　たの　　　　　　　　　　　　　　　　　　　　　　　　　　か
描寫，描繪　|趣味 嗜好；趣味　|興味 興趣　|花見 賞花（常指賞櫻）　|遊び 遊玩，玩耍；不做事；
　　　　　　しゅみ　　　　　　きょうみ　　　はなみ　　　　　　　　　　　　あそ
間隙；閒遊；餘裕　|景色 景色，風景　|旅館 旅館　|釣る 釣魚；引誘
　　　　　　　　　けしき　　　　　　りょかん　　　　　つ

3 助詞（3）

／助詞（3）

◆ の ／…嗎、…呢

→ 接續方法：{句子} ＋の

【疑問】

（1）君は、将来どの学校に入りたいの。
你將來想進哪所學校？

（2）教室で騒いでいるのは、誰なの。
是誰在教室吵鬧呀？

（3）あなたはなんで少しも食べないの。
你為什麼都不吃呢？

（4）アルバイトの時給は、いくらなの。
請問打工的時薪是多少呢？

◆ だい ／…呢、…呀

→ 接續方法：{句子} ＋だい

【疑問】

（1）さっきここにいたのは、だれだい。
剛才在這裡的那人是誰呀？

（2）彼が退院するのはいつだい。
他什麼時候可以出院呢？

單字及補充

| 将来 將來 | 学校 學校；（有時指）上課 | 小学校 小學 | 中学校 中學 | 高校・高等
学校 高中 | 学部 …科系；…院系 | 教室 教室；研究室 | 研究室 研究室 | 教育 教育
| 生徒 （中學，高中）學生 | 騒ぐ 吵鬧，喧囂；慌亂，慌張；激動 | 少し 一下子；少量，稍微，

(3) 新しい車の調子はどうだい。
あたら　くるま　ちょうし

新車開起來還順手嗎？

(4)「何がわからないんだい。」「決心がつかないんです。だか
なに　　　　　　　　　　　　けっしん
ら、占ってください。私の未来を。」
うらな　　　　　　わたし　みらい

「有什麼事情不明白呢？」「我沒辦法下定決心，所以，請你算一下我的未來。」

練習

I [a,b] の中から正しいものを選んで、○をつけなさい。
なか　　ただ　　　　えら

① だれがこれを作ったん　（a. かい　　b. だい）？
つく

② 薬を飲んだのに、まだ熱が下がらない　（a. の　　b. が）？
くすり　の　　　　　　ねつ　さ

③ どうしてあの子は泣いている　（a. の　　b. なの）？
こ　な

④ そんなに急いでどこ行くん　（a. か　　b. だい）？
いそ　　　　い

⑤ 彼女は私の名前を忘れてしまった　（a. の　　b. な）？
かのじょ　わたし　なまえ　わす

II 下の文を正しい文に並べ替えなさい。＿＿＿に数字を書きなさい。
した　ぶん　ただ　ぶん　なら　か　　　　　　　　　すうじ　か

① 週末はどこも行か　＿＿＿　＿＿＿　＿＿＿　＿＿＿？
しゅうまつ　　　い

1. の　　2. 過ごして　　3. しまった　　4. ずに
す

② アルバイトの時給　＿＿＿　＿＿＿　＿＿＿　＿＿＿？
じきゅう

1. ぐらい　　2. だい　　3. は　　4. いくら

一點　｜少ない 少的，不多　｜足す 補足，增加　｜アルバイト【(德) arbeit 之略】打工，副業
すく　　　　　　　　　た
｜パート【part】打工；部分，篇，章；職責，(扮演的) 角色；分得的一份　｜機会 機會　｜辞める
きかい　　　　　や
停止；取消；離職　｜時給 時薪　｜調子 狀態，樣子；腔調；音調
じきゅう　　　ちょうし

4 助詞（4）

／助詞（4）

◆ までに ／(1) 在…之前、到…時候為止；(2) 到…為止

→ 接續方法：{名詞；動詞辭書形} ＋までに

【期限】

（1）この仕事を5時までにやっておいてね。
5點以前要完成這個工作喔。

（2）夏休みまでに、5キロダイエットします。
在暑假之前，我要減重5公斤。

【範圍－まで】

（1）朝が来るまでそばにいる。
直到天亮我都會陪在你身邊。

（2）店は夜12時まで営業をしていた。
商店一直開到了晚上12點。

◆ ばかり ／(1) 剛…；(2) 總是…、老是…；(3) 淨…、光…

→ 接續方法：{名詞；動詞辭書形} ＋ばかり

【時間前後】

（1）付き合いはじめたばかりですから、ラブラブです。
因為才剛開始交往，兩個人感情如膠似漆。

單字及補充

┃仕事 工作；職業 ┃夏休み 暑假 ┃キロ【(法) kilo gramme 之略】千克，公斤 ┃ダイエット
【diet】（為治療或調節體重）規定飲食；減重療法；減重，減肥 ┃太る 胖，肥胖；增加 ┃痩せる 瘦；
貧瘠 ┃赤ちゃん 嬰兒 ┃赤ん坊 嬰兒；不暗世故的人 ┃子 孩子 ┃子育て 養育小孩，育兒

【重複】

（1）赤ちゃんは、泣いてばかりいます。
寶寶一直哇哇哭個不停。

（2）なぜ彼は不平不満を言うばかりで、努力しないのでしょうか。
為什麼他老是抱怨卻不願意努力呢？

【強調】

（1）同じものばかり食べないで、ほかのものも食べなさい。
別老吃一樣的東西，也要吃點別的。

練習

I [a,b] の中から正しいものを選んで、○をつけなさい。

① 明日　（a. にまで　　b. までに）　仕事を終わらせます。

② 母はあまいものを食べて　（a. ばかり　　b. だけ）　います。

③ Youtube を見て　（a. まで　　b. ばかり）　いないで、レポートを書いてください。

④ 私は 12 時まで待っていますから、それ　（a. までに　　b. まで）　来てください。

⑤ 彼はお酒　（a. しか　　b. ばかり）　飲んでいます。

II 下の文を正しい文に並べ替えなさい。＿＿＿＿ に数字を書きなさい。

① ＿＿＿＿　＿＿＿＿　＿＿＿＿　＿＿＿＿　の鍵を返してください。

1. に　　2. まで　　3. 車　　4. 今夜

② その男の子達は　＿＿＿＿　＿＿＿＿　＿＿＿＿　＿＿＿＿　いる。

1. して　　2. いつも　　3. ばかり　　4. テレビゲーム

┃育てる 撫育，培植；培養　┃似る 相像，類似　┃泣く 哭泣　┃ばかり 大約；光，淨；僅只；幾
乎要　┃ラブラブ【lovelove】（情侶，愛人等）甜蜜，如膠似漆　┃別れる 分別，分開　┃彼女 她；
女朋友　┃彼 他；男朋友　┃彼氏 男朋友；他　┃彼等 他們

5 指示語、文の名詞化と縮約形（1）Track 05
／指示詞、句子的名詞化及縮約形（1）

◆ こんな、こんなに ／(1) 這樣的、這麼的、如此的；(2) 這樣地

→ 接續方法：こんな＋｛名詞｝；こんなに＋｛動詞；形容詞；形容動詞｝

【程度】

(1) こんなきれいな海を見たことがありません。
我從沒看過如此優美的海景。

(2) こんな人と働きたいです。
我想和這樣的人一起共事。

【指示程度】

(1) 私はこんなに楽しい旅はしたことがない。
我從來沒有享受過如此這般愉快的旅程。

◆ そんな、そんなに ／(1) 那樣的；(2) 那樣地

→ 接續方法：そんな＋｛名詞｝；そんなに＋｛動詞；形容詞；形容動詞｝

【程度】

(1) 彼はそんな悪い人ではありません。
他人其實沒有那麼壞。

(2) そんなことをしたらだめです。
不能做那樣的事。

【指示程度】

(1) そんなにいっぱいくださるなんて、多すぎます。
您給我那麼大的份量，真的太多了。

單字及補充

| あんな 那樣地 | そんな 那樣的 | そんなに 那麼，那樣 | それ程 那麼地 | 事 事情 |
| 駄目 不行；沒用；無用 | 反対 相反；反對 | 正しい 正確；端正 | 無理 勉強；不講理；逞強；強求；無法辦到 | 一杯 一碗，一杯；充滿，很多 | 十分 充分，足夠 | 大体 大部分；大致，

◆ あんな、あんなに ／(1)那樣的；(2)那樣地

→ 接続方法：あんな＋｛名詞｝；あんなに＋｛動詞；形容詞；形容動詞｝

【程度】

(1) 将来、あんな会社に入りたいです。
しょうらい　　　　かいしゃ　はい
我以後想進那樣的公司。

(2) 子どものころ、あんな家に住んでいました。
こ　　　　　　　　　いえ　す
我小時候住過那樣的房子。

【指示程度】

(1) 彼があんなに怒ったのは初めて見たよ。
かれ　　　　　おこ　　　　　はじ　　み
我還是第一次看到他發那麼大的脾氣呢！

5 指示詞、句子的名詞化及縮約形(1)

練習

I [a,b] の中から正しいものを選んで、○をつけなさい。
なか　　ただ　　　　　えら

① 今年の留学生は、なぜ （a. ああ　　b. こんなに） 少ないのですか。
こ とし　りゅうがくせい　　　　　　　　　　　　　　　　　　　すく

② (a. あんなに　　b. そんなに） 小さかった木が、こんなに大きくなってびっくりした。
ちい　　　き　　　　　　　おお

③ (a. そんな　　b. そんなに） 優しくしないでください。
やさ

④ (a. こう　　b. こんな） いい本を作りたいです。
ほん　つく

II 下の文を正しい文に並べ替えなさい。_____ に数字を書きなさい。
した　ぶん　ただ　ぶん　なら　か　　　　　　　　　　　すうじ　か

① 僕の妹が _____ _____ _____ _____ ない。
ぼく　いもうと

　　1. が　　2. わけ　　3. こんなに　　4. 可愛い
かわい

② 私 _____ _____ _____ _____ 見ないでください。
わたし　　　　　　　　　　　　　　　　　　　み

　　1. を　　2. で　　3. 目　　4. そんな
め

大概　┃大分 相當地　┃会社 公司；商社　┃入る 進，進入；裝入，放入　┃住む 住，居住；（動
　　　　だいぶ　　　　　　かいしゃ　　　　　　　　　はい　　　　　　　　　　　　　　す
物）棲息，生存　┃怒る 生氣；斥責
　　　　　　　　　おこ

15

6 指示語、文の名詞化と縮約形（2）Track 06
／指示詞、句子的名詞化及縮約形（2）

◆ こう ／(1)（方法）這樣、這麼；(2) 這樣

→ 接続方法：こう＋｛動詞｝

【方法】

（1）こう行って、こう行けば、湖に戻れます。
這樣走，再這樣走下去，就可以回到湖邊了。

（2）こうすれば、きっときれいに洗えます。
只要這樣做，一定可以洗得很乾淨。

【限定】

（1）こう毎日暑いと外に出たくない。
天天熱成這樣，連出門都不願意了。

◆ そう ／(1)（方法）那樣；(2) 那樣

→ 接続方法：そう＋｛動詞｝

【方法】

（1）そうしたら簡単に出来上がるよ。
只要那樣做，就可以簡單完成囉！

（2）「ちょっと休まない？」「うん、そうしよう。」
「不稍微休息一下嗎？」「嗯，就休息一下吧。」

【限定】

（1）もっとそういう人と出会いたいなあ。
真想再多認識像那樣的人。

單字及補充

| 戻る 回到；折回 | 帰り 回來；回家途中 | 寄る 順道去…；接近；增多 | きっと 一定，務必 | 確か 確實，可靠；大概 | 確り 紮實；堅固；可靠；穩固 | 必ず 一定，務必，必須 | 決して（後接否定）絕對（不） | 必要 需要 | 決まる 決定；規定；決定勝負 | 合う 合；

◆ ああ ／(1)（方法）那樣；(2) 那樣

→ 接續方法：ああ＋ ｛動詞｝

【方法】

(1) 人から「ああしろ、こうしろ。」と言われるのは大嫌いだ。

我最討厭被人「那樣做、這樣做」的指使了。

(2) 彼は、あまり「こうしろ、ああしろ。」とは言わない人です。

他不是一個會指使別人「要這樣做、要那樣做」的人。

【限定】

(1) 私があの時ああ言ったのは、よくなかったです。

我當時那樣說並不恰當。

練習

Ⅰ [a,b] の中から正しいものを選んで、○をつけなさい。

① そうしてもいいが、（a. どう　　b. こう）　することもできる。

② （a. そんな　　b. そう）　言われても、私にはやはり難しいです。

③ （a. ああ　　b. あんな）　見えて、彼はとても優しいです。

④「金曜日の夜、軽く居酒屋で一杯やらない?」「いいね。(a. こう　　b. そう)　しよう。」

Ⅱ 下の文を正しい文に並べ替えなさい。＿＿＿＿ に数字を書きなさい。

① 彼は ＿＿＿ ＿＿＿ ＿＿＿ ＿＿＿ だ。

　　1. ああ　　2. 怒る　　3. いつも　　4. と

② この新聞では、＿＿＿ ＿＿＿ ＿＿＿ ＿＿＿ 書いています。

　　1. を　　2. こと　　3. こう　　4. いった

一致，合適；相配；符合；正確　┃うん 嗯；對，是；喔　┃あっ 啊（突然想起、吃驚的樣子）哎呀

┃おや 哎呀　┃そう 那樣，這樣；是　┃大嫌い 極不喜歡，最討厭

---

7 指示語、文の名詞化と縮約形（3）Track 07
／指示詞、句子的名詞化及縮約形（3）

◆ さ ／…度、…之大

→ 接續方法：{［形容詞・形容動詞］詞幹} ＋さ

【程度】

(1) 彼女の美しさは言葉では表現できないほどだった。
かのじょ うつく ことば ひょうげん
她美得讓人無法以言語來形容。

(2) この人形は手作りの温かさが伝わります。
にんぎょう て づく あたた つた
這個人偶有讓人感受到手作的溫度。

(3) 世界の海の深さは、平均すると 3700 ～ 3800 メートルほどだ。
せかい うみ ふか へいきん
全世界的大海之平均深度是 3700 到 3800 公尺。

◆ のは、のが、のを ／的是…

→ 接續方法：{名詞修飾短語} ＋の（は／が／を）

【強調】

(1) 昨日学校を休んだのは、田中さんです。
きのうがっこう やす たなか
昨天向學校請假的是田中同學。

(2) この写真の、ぼうしをかぶっているのは私の妻です。
しゃしん わたし つま
這張照片中，戴著帽子的是我太太。

【名詞化】

(1) 今朝、家の鍵をかけるのを忘れました。
け さ いえ かぎ わす
今天早上出門時忘記鎖門了。

單字及補充

美しい 美好的；美麗的，好看的	柔らかい 柔軟的	人形 娃娃，人偶	世界 世界；天地
うつく	やわ	にんぎょう	せかい

地理 地理	社会 社會，世間	西洋 西洋	海岸 海岸	湖 湖，湖泊	写真 照片，
ち り	しゃかい	せいよう	かいがん	みずうみ	しゃしん

相片，攝影 ｜帽子 帽子 ｜被る 戴（帽子等）；（從頭上）蒙，蓋（被子）；（從頭上）套，穿
ぼう し かぶ

◆ こと

→ 接続方法：{名詞の；形容動詞詞幹な；[形容詞・動詞] 普通形}　＋　こと

【形式名詞】

(1) １万円以内なら、買うことができます。
まんえん い ない か
如果不超過１萬圓，就可以購買。

(2) 屋上でサッカーをすることができます。
おくじょう
頂樓可以踢足球。

(3) こんな大きな木は見たことがない。
おお き み
沒看過這麼大的樹木。

練習

I [a,b] の中から正しいものを選んで、○をつけなさい。
なか ただ えら

① 先生のお宅にうかがった　（a.　こと　　b.　の）　があります。
せんせい たく

② その　（a.　寂しい　　b.　寂しさ）　は一体誰が癒してくれるの。
さび さび いったいだれ いや

③ 梅雨が近づいている　（a.　のが　　b.　のを）　わかります。
つ ゆ ちか

④ 私に　（a.　できる　　b.　できます）　ことなら、何でもお力になります。
わたし なん ちから

II 下の文を正しい文に並べ替えなさい。＿＿＿＿＿に数字を書きなさい。
した ぶん ただ ぶん なら か すうじ か

① この　＿＿＿＿ ＿＿＿＿ ＿＿＿＿ ＿＿＿＿　くらいですか。

　1. 高さ　　2. どれ　　3. は　　4. ビルの
　　たか

② 私たちは、この公園　＿＿＿＿ ＿＿＿＿ ＿＿＿＿ ＿＿＿＿　好きです。
　わたし こうえん す

　1. が　　2. 散歩する　　3. の　　4. を
　　　　　さん ぽ

| 以内 不超過…；以內 | 以下 以下，不到…；在…以下；以後 | 以上 以上，不止，超過，以外；
いない
上述 | 出来る 完成；能夠；做出；發生；出色 | 屋上 屋頂（上）
でき おくじょう

---

8 指示語、文の名詞化と縮約形（４）

／指示詞、句子的名詞化及縮約形（４）

◆ が

→ 接續方法：{名詞} ＋が

【動作或狀態主體】

 （1）寺の鐘が鳴っています。
    寺院的鐘聲響起。

 （2）お客さんがどんどん入ってきます。
    顧客魚貫般進到店裡。

 （3）女の人が、泣きながら手をふっています。
    女人哭著揮手道別。

 （4）新しい年が始まりました。
    嶄新的一年已經展開了。

◆ ちゃ、ちゃう

→ 接續方法：{動詞て形（去て）} ＋ちゃ、ちゃう

【では縮略形】

 （1）こんなに暑くちゃ、夜は眠れません。（ては→ちゃ）
    天氣如此炎熱，夜晚都輾轉難眠。

 （2）この仕事は、僕がやらなくちゃならない。（なくては→なくちゃ）

    這個工作必須由我來執行。

單字及補充

| 寺 寺廟 | 教会 教會 | 神社 神社 | 客 客人；顧客 | どんどん 連續不斷，接二連三；
（炮鼓等連續不斷的聲音）咚咚；（進展）順利；（氣勢）旺盛 | ながら 一邊…，同時… | 眠る 睡覺
| 眠い 睏 | 眠たい 昏昏欲睡，睏倦 | 僕 我（男性用） | 君 你（男性對同輩以下的親密稱呼）

(3)「年をとるのも悪いもんじゃない。」と、祖父はいつも言っている。(では→じゃ)

爺爺常把「上了年紀也沒啥不好的」這句話掛在嘴邊。

【てしまう縮略形】

(1) 電車の中に携帯電話を忘れちゃったよ。(てしまう→ちゃう)

我把手機忘在電車上了。

練習

I [a,b] の中から正しいものを選んで、○をつけなさい。

① まだ、帰 (a. っちゃ　　b. ちゃう) いけません。

② 私の好きなパンは売れ (a. ちゃった　　b. じゃった) よ。

③ トラック (a. に　　b. が) スピードを上げて通った。

④ あ、もう8時！仕事に行か (a. なくちゃ　　b. ときゃ)。

⑤ 地震で、家 (a. が　　b. を) 倒れました。

II 下の文を正しい文に並べ替えなさい。_____ に数字を書きなさい。

① お酒をそんなに _____ _____ _____ _____ だ。

　　1. 飲ん　　2. たくさん　　3. だめ　　4. じゃ

② 小鳥 _____ _____ _____ _____ 止まっています。

　　1. 牛の　　2. に　　3. 背中　　4. が

| 方（敬）人 | 祖父 祖父，外祖父 | 祖母 祖母，外祖母，奶奶，外婆 | 親 父母；祖先；主根；始祖 | 夫 丈夫 | 主人 老公，(我) 丈夫，先生；主人 | 妻 (對外稱自己的) 妻子，太太 | 家内 妻子 | 携帯電話 手機，行動電話 |

9 許可、禁止、義務と命令（1） Track 09
／許可、禁止、義務及命令（1）

◆ てもいい ／(1)…也行、可以…；(2) 可以…嗎

→ 接續方法：{動詞て形}＋もいい

【許可】

(1) ワインの代わりに、酢で味をつけてもいい。
可以用醋來取代葡萄酒調味。

(2) 用事が済んだら、すぐに帰ってもいいよ。
要是事情辦完的話，馬上回去也沒關係喔！

【要求】

(1) ちょっと味見をしてもいいですか。
我可以嚐一下味道嗎？

(2) カーテンをしめてもいいでしょうか。
拉上窗簾也沒關係吧？

◆ なくてもいい ／不…也行、用不著…也可以

→ 接續方法：{動詞否定形（去い）}＋くてもいい

【許可】

(1) 自分の名前をかかなくてもいいですか。
可以不用填寫自己的名字嗎？

(2) ご近所にあいさつをしなくてもいいですか。
可以不跟鄰居打聲招呼嗎？

單字及補充

┃代わり 代替，替代；補償，報答；續（碗、杯等） ┃済む （事情）完結，結束；過得去，沒問題；（問題）解決，（事情）了結 ┃味見 試吃，嚐味道 ┃カーテン【curtain】窗簾；布幕 ┃壁 牆壁；障礙 ┃閉める 關閉，合上；繫緊，束緊 ┃掛ける 懸掛；坐；蓋上；放在…之上；提交；澆；開動；花費；寄託；鎖上；（數學）乘；使…負擔（如給人添麻煩） ┃飾る 擺飾，裝飾；粉飾，潤色

22

(3) だいぶ元気になりましたから、もう薬を飲まなくてもいい
です。

已經好很多了，所以不吃藥也沒關係的。

(4) 小学生以下はお金を払わなくてもいいです。

小學生以下可以不用付錢。

練習

Ⅰ [a,b] の中から正しいものを選んで、○をつけなさい。

① ガソリンを入れなく （a. てもいい　　b. といい） んですか。

② このパソコンを （a. 使って　　b. 使う） もいいですか。

③ 二十歳になったら、お酒を （a. 飲んではいけないです　　b. 飲んでもいいです）。

④ 先に食べ （a. ても　　b. でも） いいですよ。

⑤ 「この車、今日中に返さなければなりませんか。」「いいえ、 今日中に （a. 返して
もいい　　b. 返さなくてもいい）」。

Ⅱ 下の文を正しい文に並べ替えなさい。＿＿＿＿ に数字を書きなさい。

① お忙しかったら、＿＿＿ ＿＿＿ ＿＿＿ ＿＿＿ ですよ。

　　1. いらっしゃら　　2. いい　　3. なく　　4. ても

② ここに ＿＿＿ ＿＿＿ ＿＿＿ ＿＿＿ ですよ。

　　1. おいて　　2. も　　3. 荷物を　　4. いい

| 応接間 客廳；會客室 | 大匙 大匙，湯匙 | 小匙 小匙，茶匙 | コーヒーカップ【coffee
cup】 咖啡杯 | ラップ【wrap】 保鮮膜；包裝，包裹 | 畳 榻榻米 | 挨拶 寒暄，打招呼，拜訪；
致詞 | 喧嘩 吵架；打架 | 遠慮 客氣；謝絕 | 褒める 誇獎 | 払う 付錢；除去；處裡；驅
趕；揮去 | お釣り 找零

23

10 許可、禁止、義務と命令（2）

／許可、禁止、義務及命令（2）

◆ てもかまわない ／即使…也沒關係、…也行

→ 接續方法：{[動詞・形容詞]て形} ＋もかまわない；{形容動詞詞幹；名詞} ＋でもかまわない

【讓步】

(1) 日本料理と中華料理と、どちらでもかまいませんよ。
  にほんりょうり　ちゅうかりょうり
  日本料理跟中華料理哪種料理都可以喔！

(2) ここなら、たばこを吸ってもかまいませんか。
  す
  這裡的話，可以抽菸嗎？

(3) 会社は少しぐらい遠くてもかまわない。
  かいしゃ　すこ　　　とお
  公司離家稍微遠一點也沒關係。

(4) メールのお返事、遅くてもかまわないよ。
  へんじ　おそ
  郵件晚一點回覆也可以。

◆ なくてもかまわない ／不…也行、用不著…也沒關係

→ 接續方法：{動詞否定形（去い）} ＋くてもかまわない

【許可】

(1) 用がなければ、来なくてもかまわない。
  よう　　　　こ
  如果沒事，不來也沒關係。

(2) 用事があるなら、行かなくてもかまわない。
  ようじ　　　　　い
  如果有事，不去也無所謂。

單字及補充

┃遠く 遠處；很遠　┃メール【mail】電子郵件；信息；郵件　┃メールアドレス【mail address】
とお
電子信箱地址，電子郵件地址　┃アドレス【address】住址，地址；（電子信箱）地址；（高爾夫）擊球
前姿勢　┃宛先 收件人姓名地址，送件地址　┃件名（電腦）郵件主旨；項目名稱；類別　┃差出人
あてさき　　　　　　　　　　　　　　　　けんめい　　　　　　　　　　　　　　　　　　　さしだしにん
發信人，寄件人　┃ファイル【file】文件夾；合訂本，卷宗；（電腦）檔案　┃タイプ【type】款式；

（3）特に、手伝ってくれなくてもかまわない。
とく　　　てつだ
不用特地來幫忙也沒關係。

（4）明るいから、電灯をつけなくてもかまわない。
あか　　　　でんとう
天還很亮，不開電燈也沒關係。

練習

Ⅰ [a,b] の中から正しいものを選んで、○をつけなさい。
　　　　　なか　ただ　　　　えら

① ここに座って　（a. もかまいません　　b. だめです）か。
　　　　　すわ

② きらいなら　（a. 食べ　　b. 食べる）なくてもかまいませんよ。
　　　　　　　　　　た　　　　　　た

③ 返事は　（a. 明日なく　　b. 明日）でもかまいません。
　へんじ　　　　あした　　　　　　あした

④ 話したくなければ話さなくても　（a. かまいません　　b. いけません）。
　はな　　　　　　　　はな

⑤ ホテルの場所は駅から遠くても、（a. 安いけれど　　b. 安ければ）かまわない。
　　　　　　ばしょ　えき　とお　　　　　やす　　　　　　　　やす

Ⅱ 下の文を正しい文に並べ替えなさい。＿＿＿＿に数字を書きなさい。
　　した　ぶん　ただ　ぶん　なら　か　　　　　　　　　　すうじ　か

① 出席するなら返事は　＿＿＿＿　＿＿＿＿　＿＿＿＿　＿＿＿＿。
　しゅっせき　　　へんじ

　　1. ない　　　2. 問題　　3. ても　　4. しなく
　　　　　　　　　　　もんだい

② 給料が高いなら、＿＿＿＿　＿＿＿＿　＿＿＿＿　＿＿＿＿ません。
　きゅうりょう　たか

　　1. かまい　　2. 仕事　　3. ても　　4. が忙しく
　　　　　　　　　　しごと　　　　　　　　いそが

類型；打字　┃電報 電報　┃返事 回答，回覆　┃放送 播映，播放　┃届ける 送達；送交；申
　　　　　　　　でんぽう　　　へんじ　　　　　　　　　　ほうそう　　　　　　　　とど
報，報告　┃用 事情；用途　┃用事 事情；工作　┃特に 特地，特別　┃別に 分開；額
　　　　　　よう　　　　　　　ようじ　　　　　　　　とく　　　　　　　べつ
外；除外；（後接否定）（不）特別，（不）特殊　┃出来るだけ 盡可能地　┃なるべく 盡量，盡可能
　　　　　　　　　　　　　　　　　　　　　でき
┃電灯 電燈
　でんとう

25

11 許可、禁止、義務と命令（3） Track 11
／許可、禁止、義務及命令（3）

◆ てはいけない ／(1) 不可以…、請勿…；(2) 不准…、不許…、不要…

→ 接續方法：{動詞て形} ＋はいけない

【申明禁止】

（1）このボタンには、絶対触ってはいけない。
絕對不可觸碰這個按紐。

（2）このニュースを彼に知らせてはいけない。
這個消息不可以讓他知道。

（3）風邪をひきやすいので、気をつけなくてはいけない。
容易感冒，所以得小心一點。

【禁止】

（1）この川で泳いではいけない。
禁止在此游泳。

◆ な ／不准…、不要…

→ 接續方法：{動詞辭書形} ＋な

【禁止】

（1）バスの出発時間に遅れるな。
要準時趕上巴士登車時間。

（2）あんな男にはかまうな。
不要理會那種男人。

單字及補充

|ボタン【（葡）botão・（英）button】釦子，鈕釦；按鍵 ｜触る 碰觸，觸摸；接觸；觸怒，觸犯 ｜動く 變動，移動；擺動；改變；行動，運動；感動，動搖 ｜ニュース【news】新聞，消息 ｜やすい 容易… ｜難い 難以…，不容易… ｜出発 出發；起步，開始 ｜遅れる 遲到；緩慢 ｜構う 在意，理會；逗弄 ｜捨てる

(3) 自分らしさを捨てるな。
じ ぶん　　　　　 す

不要捨棄了自己的風格。

(4) 地震の時はエレベーターに乗るな。
じ しん　　とき　　　　　　　　　　　　　　　 の

地震時請勿搭乗電梯。

練習

I [a,b] の中から正しいものを選んで、○をつけなさい。
　　 なか　 ただ　　　　　 えら

① レストランの予約を　（a. しなくても　　b. しなくては）　いけない。
　　　　　　　　　 よやく

② お酒を飲んだら、車を　（a. 運転するな　　b. 運転しなさい）。
　　 さけ　 の　　　　 くるま　　　　 うんてん　　　　　　　 うんてん

③ 危ない！ここで　（a. 泳いでもいい　　b. 泳いではいけない）。
　　 あぶ　　　　　　　　　　　 およ　　　　　　　　　 およ

④ 電車の中で、大きい声で話し　（a. てはなりません　　b. てはいけません）。
　　 でんしゃ　 なか　 おお　　　 こえ　 はな

⑤ お金が出るから　（a. 心配します　　b. 心配する）　な。
　　 かね　 で　　　　　　　 しんぱい　　　　　　　 しんぱい

II 下の文を正しい文に並べ替えなさい。_____ に数字を書きなさい。
　　 した　 ぶん　 ただ　　 ぶん　 なら　 か　　　　　　　　　　　　　 すうじ　 か

① 来週までに、_____ _____ _____ _____ いけない。
　　 らいしゅう

　　 1. 払わなく　　2. ては　　3. を　　4. お金
　　　　 はら　　　　　　　　　　　　　　　　　 かね

② 禁煙は _____ _____ _____ _____ 意味です。
　　 きんえん　　　　　　　　　　　　　　　　　　　　　 いみ

　　 1. すう　　2. たばこを　　3. な　　4. という

丟掉，抛棄；放棄　 | ごみ 垃圾　 | 生ごみ 廚餘，有機垃圾　 | 燃えるごみ 可燃垃圾　 | 地震 地震
　　　　　　　　　　　　　　　　　　　　　 なま　　　　　　　　　　　　　　　 も　　　　　　　　　　　　 じ しん

| 火事 火災　 | 危険 危険　 | 安全 安全；平安　 | 逃げる 逃走，逃跑；逃避；領先（運動競賽）　 | エレベー
　 か じ　　　　　　 きけん　　　　　 あんぜん　　　　　　　　　 に

ター【elevator】電梯，升降機　 | エスカレーター【escalator】自動手扶梯

27

12 許可、禁止、義務と命令（４）Track 12
／許可、禁止、義務及命令（４）

◆ なければならない　／必須…、應該…

→ 接續方法：{動詞否定形}＋なければならない

【義務】————————————————————

(1) たまに祖父の家に行かなければならない。
そ ふ　いえ　い
得偶爾前往祖父家探望一下才行。

(2) ここで靴を脱がなければなりませんか。
くつ　ぬ
一定要在這裡脫鞋嗎？

(3) ああ約束したから、行かなきゃ。（口語）
やくそく　い
已經那樣肯定的答應了，所以非去不可。

◆ なくてはいけない　／必須…、不…不可

→ 接續方法：{動詞否定形（去い）}＋くてはいけない

【義務】————————————————————

(1) 授業の後で、復習をしなくてはいけませんか。
じゅぎょう　あと　ふくしゅう
下課後一定得複習嗎？

(2) 法律は、ぜったい守らなくてはいけません。
ほうりつ　まも
一定要遵守法律才行。

(3) 暗い道では、気をつけなくてはいけないよ。
くら　みち　き
走在暗路時，一定要小心才行喔！

單字及補充

靴 鞋子	靴下 襪子	脱ぐ 脱去，脱掉，摘掉	履く・穿く 穿（鞋，襪；褲子等）
くつ	くつした	ぬ	は は
約束 約定，規定	計画 計劃	予定 預定	予約 預約	予習 預習	復習 複習
やくそく	けいかく	よてい	よやく	よしゅう	ふくしゅう
政治 政治	規則 規則，規定	法律 法律	痴漢 色狼	ストーカー【stalker】 跟蹤狂
せいじ	きそく	ほうりつ	ちかん	

◆ なくてはならない ／必須…、不得不…

→ 接續方法：{動詞否定形（去い）} ＋くてはならない

【義務】

（1）時間の都合で、もう帰らなくてはなりません。
由於時間的關係，我非回去不可了。

（2）明日は早いので、もう寝なくてはなりません。
明天要早起，現在不睡不行了。

（3）仕事が終わらない。今日は残業しなくちゃ。（口語）
工作做不完，今天只好加班了。

練習

Ⅰ [a,b] の中から正しいものを選んで、○をつけなさい。

① すると、あなたは明日学校に　（a. 行かなければ　　b. 行っては）　ならないのですか。

② 今日中に　（a. 終わせなくても　　b. 終わらせなくては）　ならない仕事があります。

③ 彼が泥棒ならば、（a. 捕まえなければならない　　b. 捕まえてはいけない）。

④ 彼らも規則を　（a. 守って　　b. 守らなくて）　はいけません。

⑤ 試験に出るから、教科書に載っているものを全部　（a. 覚えなければなりません　　b. 覚えてはいけません）　よ。

Ⅱ 下の文を正しい文に並べ替えなさい。＿＿＿＿ に数字を書きなさい。

① 我々はこの問題を ＿＿＿ ＿＿＿ ＿＿＿ ＿＿＿ ない。

　　1. なら　　2. ては　　3. 直さ　　4. なく

② ＿＿＿ ＿＿＿ ＿＿＿ ＿＿＿ はいけない。

　　1. たばこ　　2. 吸って　　3. ここで　　4. を

| すり 扒手 | 泥棒 偷竊；小偷，竊賊 | 盗む 偷盜，盜竊 | 捕まえる 逮捕，抓；握住
| 暗い （光線）暗，黑暗；（顔色）發暗，發黑 | 都合 情況，方便與否

29

13 許可、禁止、義務と命令（5）Track 13
／許可、禁止、義務及命令（5）

◆ 命令形　／給我…、不要…

→ 接續方法：（句子）＋〔動詞命令形〕

【命令】────────────────────────

(1) 遅刻するよ。急げ！早くしろ！
　　快遲到了喔！快！動作快點！

(2) もっと大きい声で歌え。
　　放開嗓門大聲唱歌！

(3) 今すぐここに来い。
　　現在立刻給我過來！

(4) スピード落とせ。
　　請減速！

◆ なさい　／要…、請…

→ 接續方法：〔動詞ます形〕＋なさい

【命令】────────────────────────

(1) 9時に、学校の前に集まりなさい。
　　9點在校門口集合！

(2) 生徒たちを、教室に集めなさい。
　　叫學生們到教室集合。

單字及補充

| 大きい（數量，體積，身高等）大，巨大；（程度，範圍等）大，廣大　｜ 小さい 小的；微少，輕微；幼小的　｜ 声（人或動物的）聲音，語音　｜ 歌 歌，歌曲　｜ 前（空間的）前，前面　｜ 裏 裡面，背後；內部；內幕，幕後；內情　｜ 表 表面；正面；外觀；外面　｜ 内 …之內；…之中　｜ 間 期間，間隔，距離；中間；關係；空隙　｜ 隅 角落　｜ 真ん中 正中間　｜ 周り 周圍，周邊　｜ 以外 除外，

（3）大丈夫だから、安心しなさい。
だいじょうぶ　　　　　あんしん

没事的，放心好了。

（4）悪かったと思うなら、謝りなさい。
わる　　　　おも　　　　　あやま

如果覺得自己不對，就去道歉賠不是。

練習

I [a,b] の中から正しいものを選んで、○をつけなさい。
なか　　　ただ　　　　　　えら

① ずっと立っていないで、早く　（a. すわるな　　b. すわりなさい）。
た　　　　　　　　はや

② きたないな。早く　（a. そうじしれ　　b. そうじしろ）。
はや

③ 警官が来たぞ。（a. 逃げろ　　b. 逃げる）。
けいかん　き　　　　　　に　　　　　　　に

④ 遅いぞ。もっと速く　（a. 走れ　　b. 走れば）！
おそ　　　　　　はや　　　　はし　　　　　　はし

⑤ 漢字の正しい読み方を　（a. 書きなさい　　b. 書けろ）。
かんじ　ただ　　よ　かた　　　　か　　　　　　　　か

II 下の文を正しい文に並べ替えなさい。_____ に数字を書きなさい。
した　ぶん　ただ　ぶん　なら　か　　　　　　　　　　　　　すうじ　か

① ここ _____ _____ _____ _____ な。

　　1. 吸う　　2. で　　3. を　　4. たばこ
　　　す

② もし _____ _____、_____ _____。

　　1. おかし　　2. なさい　　3. 笑い　　4. ければ
　　　　　　　　　　　　　　　　わら

以外　┃手前　眼前；靠近自己這一邊；（當著…的）面前；我（自謙）；你（同輩或以下）　┃手元　身邊，
　　　　てまえ　　　　　　　　　　　　　　　　　　　　　　　　　　　　　　　　　　　てもと
手頭；膝下；生活，生計　┃空く　空著；（職位）空缺；空隙；閒著；有空　┃安心　放心，安心
　　　　　　　　　　　　　あ　　　　　　　　　　　　　　　　　　　　　　　あんしん
┃悪い　不好，壞的；不對，錯誤　┃謝る　道歉，謝罪；認錯；謝絕
　わる　　　　　　　　　　　　　あやま

14 意志と希望（1）

／意志及希望（1）

◆ （よ）うとおもう ／我打算…；我要…；我不打算…

→ 接續方法：{動詞意向形} ＋（よ）うとおもう

【意志】

(1) 九州から北海道まで特急で行こうと思う。
我想從九州搭乘特急列車前往北海道。

(2) 旅行でお世話になった人たちに、お礼の手紙を書こうと思っています。
旅行中受到許多人的關照，我想寫信表達致謝之意。

(3) いつか留学しようと思っています。
我一直在計畫出國讀書。

◆ （よ）う ／(1)…吧；(2)（一起）…吧

→ 接續方法：{動詞意向形} ＋（よ）う

【提議・意志】

(1) 忙しそうだね。手伝おうか。
你好像很忙哦？要不要我幫忙？

(2) 大切な人を守るためにタバコをやめよう。
為了守護自己所珍愛的人，把菸戒了吧！

(3) 家族みんなで幸せになろう。
讓我們闔家歡樂，幸福美滿吧！

單字及補充

┃普通 普通，平凡；普通車 ┃急行 急行；快車 ┃特急 特急列車；火速 ┃番線 軌道線編號，月台編號 ┃席 座位；職位 ┃指定席 劃位座，對號入座 ┃自由席 自由座 ┃終電 最後一班電車，末班車 ┃車内アナウンス【しゃない announce】車廂內廣播 ┃忘れ物 遺忘物品，遺失物

◆ （よ）うとする ／(1) オ…；(2) 想…、打算…；不想…、不打算…

→ 接續方法：{動詞意向形} ＋（よ）うとする

【將要】────────────────────────────

(1) 寝ようとしたら、隣の家がうるさくて寝られなかった。
　　　ね　　　　　　　　　となり　いえ　　　　　　　　　　　　　ね
正想睡覺時，隔壁鄰居卻鬧哄哄的讓人睡不著。

(2) シャワーをあびようとしたら、友達が来ました。
　　　　　　　　　　　　　　　　　ともだち　き
正想沖澡時，朋友卻來了。

【意志】────────────────────────────

(1) 彼の質問に答えようとしましたが、できませんでした。
　　　かれ　しつもん　こた
我想回答他的問題，卻說不出口。

練習

Ⅰ [a,b] の中から正しいものを選んで、○をつけなさい。
　　　　　　なか　　　ただ

① 教室を　（a. 片付けよう　　b. 片付ける）　としていたら、先生が来た。
　きょうしつ　　　　かた づ　　　　　　かた づ　　　　　　　　　　　　せんせい　き

② 何歳になっても夢を諦めようと　（a. しない　　b. する）。
　なんさい　　　　　ゆめ　あきら

③ 明日は早く起きよう　（a. つもりだ　　b. と思う）。
　あした　はや　お　　　　　　　　　　　　　おも

④ 今年こそ N1 合格　（a. しようとする　　b. しよう）。
　こ とし　　　エヌ　ごうかく

⑤ 私は今旅行の準備を　（a. しよう　　b. しろう）　としている。
　わたし　いまりょこう　じゅん び

Ⅱ 下の文を正しい文に並べ替えなさい。＿＿＿ に数字を書きなさい。
　　した　ぶん　ただ　ぶん　なら　か　　　　　　　　すう じ　か

① 雨が　＿＿＿　＿＿＿　＿＿＿　＿＿＿。
　あめ
　　1. 帰ろう　　2. ら　　3. 止んだ　　4. 一緒に
　　　かえ　　　　　　　　　　や　　　　　　いっしょ

② あの子は　＿＿＿　＿＿＿　＿＿＿　＿＿＿。
　　　こ
　　1. 何も　　2. しない　　3. と　　4. 話そう
　　　なに　　　　　　　　　　　　　　はな

乗り換える 轉乘，換車；改變	下りる・降りる 下來；下車；退位	内側 內部，內側，裡面
の か	お お	うちがわ
外側 外部，外面，外側	お礼 謝辭，謝禮	煙草 香煙；煙草	喫煙席 吸煙席，吸煙區
そとがわ	れい	た ば こ	きつえんせき
禁煙席 禁煙席，禁煙區
きんえんせき

15 意志と希望（2）

／意志及希望（2）

◆ といい　　／要是…該多好；要是…就好了

→ 接續方法：{名詞だ；[形容詞・形容動詞・動詞] 辭書形}　＋といい

【願望】

(1) クリスマスまでに彼女ができるといいなあ。
要是能在聖誕節之前交到女朋友就好了。

(2) 病気が早く治るといいですね。
希望病能快點好起來。

(3) 早く仕事が見つかるといいですね。
真希望能快點找到工作。

(4) 週末は晴れるといいですね。
如果週末是個大晴天，那就好囉。

◆ てほしい　　／希望…、想…；希望不要…

→ 接續方法：{動詞て形；[動詞否定形] ＋で}　＋ほしい

【希望－動作】

(1) 頼むから静かにしてほしいです。
拜託！請你們安靜點。

(2) 部屋を汚したときは自分で掃除してほしいです。
如果把房間弄髒了，希望你們自己可以打掃乾淨。

單字及補充

｜早い（時間等）快，早；（動作等）迅速　｜晴れる（天氣）晴，（雨，雪）停止，放晴　｜頼む 請求，要求；委託，託付；依靠　｜静か 靜止；平靜，沈穩；慢慢，輕輕　｜部屋 房間；屋子　｜汚れる 髒污；齷齪　｜自分 自己，本人，自身；我　｜料理 菜餚，飯菜；做菜，烹調　｜洗濯 洗衣服，清洗，洗滌　｜掃除 打掃，

（3）私にペンを貸してほしいです。
わたし　　　　　　　か
希望可以借我一支筆。

（4）恥ずかしいので、手紙を読まないでほしいのです。
は　　　　　　　　てがみ　よ
我會害羞，所以拜託別把信唸出來。

練習

I [a,b] の中から正しいものを選んで、○をつけなさい。
なか　ただ　　　　　　えら

① 電車もう少し空いて　（a. いると　　b. いるのは）　いいんだけど。
でんしゃ　すこ　す

② 私がいなくなっても、（a. 悲しまないで　　b. 悲しくないで）　ほしいです。
わたし　　　　　　　　　　かな　　　　　　　　かな

③ 彼がそばに　（a. いた　　b. いる）　といいなあ。
かれ

④ 誰か私のそばに　（a. いてたい　　b. いてほしい）。
だれ　わたし

⑤ 来月給料が　（a. 上がろう　　b. 上がる）　といいなあ。
らいげつきゅうりょう　　あ　　　　　　あ

II 下の文を正しい文に並べ替えなさい。_____に数字を書きなさい。
した　ぶん　ただ　ぶん　なら　か　　　　　　　すうじ　か

① _____ _____ _____ _____ いいなあ。

　1. 終わる　　2. 早く　　3. と　　4. お仕事
　　　お　　　　　はや　　　　　　　　　　しごと

② どうか僕 _____ _____ _____ _____ です。
　　　　　ぼく

　1. いて　　2. を　　3. ほしい　　4. 忘れないで
　　　　　　　　　　　　　　　　　　　　　わす

清掃，掃除　｜ペン【pen】筆，原子筆，鋼筆　｜鉛筆 鉛筆　｜貸す 借出，借給；出租；提供幫助（智慧與力
　　　　　　　　　　　　　　　　　　　　　えんぴつ　　　　か
量）　｜借りる 借進（錢、東西等）；借助　｜恥ずかしい 丟臉，害羞；難為情　｜手紙 信，書信，函
　　　　か　　　　　　　　　　　　　　　　は　　　　　　　　　　　　　　　てがみ
｜紙 紙　｜封筒 信封，封套　｜ポスト【post】郵筒，信箱　｜読む 閱讀，看；唸，朗讀
　かみ　　ふうとう　　　　　　　　　　　　　　　　　　　よ

16 意志と希望（3）

／意志及希望（3）

◆ がる、がらない　／(1) 覺得…（不覺得…）；(2) 想要…（不想要…）

→ 接續方法：{[形容詞・形容動詞]詞幹}＋がる、がらない

【感覺】

(1) 気になる人の前では恥ずかしがる人が多いです。
在自己喜歡的人面前，許多人總會忍不住害羞尷尬。

(2) 子どもが親と離れて寂しがっている。
和父母分開，讓孩子總是覺得孤單寂寞。

【希望】

(1) 妻がエルメスの時計をほしがっています。
妻子一直很想擁有愛馬仕的手錶。

(2) 彼女は赤い靴を1足ほしがっている。
她一直很想要一雙紅色的鞋子。

◆ たがる、たがらない　／想…（不想…）

→ 接續方法：{動詞ます形}＋たがる、たがらない

【希望】

(1) あの学生は、いつも意見を言いたがる。
那個學生，總是喜歡發表意見。

(2) 彼は外国の文化について知りたがる。
他總是想著要多了解外國的文化。

單字及補充

多い 多的	足りる 足夠；可湊合	増える 増加	寂しい 孤單；寂寞；荒涼，冷清；空虛
残念 遺憾，可惜，懊悔	煩い 吵鬧；煩人的；囉唆；厭惡	悲しい 悲傷，悲哀	怖い 可怕，害怕
意見 意見；勸告；提意見	相談 商量	会話 會話，對話	文化 文化；文明

（3）彼女は、理由を言いたがらない。
かのじょ　　りゆう　　い
她不想說理由。

（4）図書館を利用したがらないのは、なぜですか。
としょかん　　りよう
你為什麼不想使用圖書館呢？

練習

Ⅰ [a,b] の中から正しいものを選んで、○をつけなさい。
なか　ただ　　　　えら

① （a. はずかしい　　b. はずかし）がらなくていいですよ。大きな声で話し
おお　こえ　はな
てください。

② 最近、若い人たちはあまり（a. 結婚しよう　　b. 結婚し）たがらない。
さいきん　わか　ひと　　　　けっこん　　　　けっこん

③ 息子は病院に（a. 行き　　b. 行っ）たがらない。
むすこ　びょういん　　い　　　　い

④ 子どもがタブレットを（a. ほしがっています　　b. ほしがる）。
こ

⑤ 彼は自分の過去を話し（a. たくなかった　　b. たがらなかった）。
かれ　じぶん　かこ　はな

Ⅱ 下の文を正しい文に並べ替えなさい。_____ に数字を書きなさい。
した　ぶん　ただ　ぶん　なら　か　　　　　　　　　　すうじ　か

① 子どもがいつも _____ _____ _____ _____ たがる。
こ

　　1. に　　2. パソコン　　3. 私の　　4. さわり
　　　　　　　　　　　　　わたし

② 最後の試合で負けて、_____ _____ _____ _____。
さいご　しあい　ま

　　1. くやし　　2. が　　3. がった　　4. みんな

翻訳 翻譯	新聞社 報社	理由 理由，原因	ため（表目的）為了；（表原因）因為
ほんやく	しんぶんしゃ	りゆう	
原因 原因	訳 原因，理由；意思	図書館 圖書館	利用 利用
げんいん	わけ	としょかん	りよう

17 意志と希望（4）
／意志及希望（4）

◆ **にする** ／(1) 決定…；(2) 我要…、我叫…

→ 接續方法：｛名詞；副助詞｝＋にする

【決定】

(1) 涼しいので、このサンダルにします。
　　すず
　　因為穿起來涼快，我決定要這雙涼鞋。

(2)「どれにしますか。」「私はこのタイプのパソコンにします。」
　　　　　　　　　　　　わたし
　　「您要哪個款式？」「我要這種款式的電腦。」

【選擇】

(1) こちらは値段が高いので、そちらにします。
　　　　　　ね だん　たか
　　這個價錢較高，我決定買那個。

(2) お酒は飲めないので、ジュースにしてください。
　　さけ　の
　　我不喝酒，請給我果汁。

◆ **ことにする** ／(1) 習慣…；(2) 決定…；已決定…

→ 接續方法：｛動詞辭書形；動詞否定形｝＋ことにする

【習慣】

(1) 毎朝5時に起きることにしています。
　　まいあさ　じ　お
　　我每天都5點鐘起床。

單字及補充

｜パソコン【personal computer 之略】個人電腦　　｜コンピューター【computer】電腦　　｜ノートパソコン【notebook personal computer 之略】筆記型電腦　　｜デスクトップパソコン【desktop personal computer 之略】桌上型電腦　　｜ワープロ【word processor 之略】文字處理機　　｜キーボード【keyboard】鍵盤；電腦鍵盤；電子琴　　｜マウス【mouse】滑鼠；老鼠　　｜スタートボタン【start

（2）毎日、日記を書くことにしています。
　　まいにち　にっき　　か
　　現在天天都寫日記。

【決定】

（1）うん、留学することにしよう。
　　　　　りゅうがく
　　　嗯！留學去吧！

（2）1月1日、ふるさとに帰ることにした。
　　　がつついたち　　　　　かえ
　　　我決定1月1日回鄉下。

練習
　れんしゅう

I [a,b] の中から正しいものを選んで、○をつけなさい。
　　　　　　なか　　ただ　　　　　えら

① 平日は忙しいから、土曜日に行く　（a. ことにしよう　　b. ようになろう）。
　へいじつ　いそが　　　　　どようび　い

② 今日は料理をする時間がないので、外食　（a. にしよう　　b. になろう）。
　きょう　りょうり　　　じかん　　　　　がいしょく

③ 大阪に引っ越す　（a. ようと思います　　b. ことにしよう）。
　おおさか　ひ　こ　　　　　　　おも

④ 私は紅茶　（a. ようにします　　b. にします）。
　わたし　こうちゃ

⑤ 最近仕事が忙しいので、旅行は今度に　（a. しよう　　b. する）　と思っています。
　さいきんしごと　いそが　　　　りょこう　こんど　　　　　　　　　　　　　　　おも

II 下の文を正しい文に並べ替えなさい。＿＿＿に数字を書きなさい。
　　　した　ぶん　ただ　ぶん　なら　か　　　　　　　　　すうじ　か

① 警察に　＿＿＿　＿＿＿　＿＿＿　＿＿＿　しました。
　けいさつ

　　1. に　　2. 連絡　　3. こと　　4. する
　　　　　　　れんらく

② 弟のプレゼント　＿＿＿　＿＿＿　＿＿＿　＿＿＿　ました。
　おとうと

　　1. 自転車　　2. は　　3. に　　4. し
　　　じてんしゃ

---

button】（微軟作業系統的）開機鈕　┃ホームページ【homepage】網站首頁；網頁（總稱）　┃ブログ
【blog】部落格　┃スクリーン【screen】螢幕　┃（インター）ネット【internet】網際網路
┃インストール【install】安裝（電腦軟體）　┃登録 登記；（法）登記，註冊；記錄　┃入力 輸入；
　　　　　　　　　　　　　　　　　　　　　　とうろく　　　　　　　　　　　　　　　　　　にゅうりょく
輸入數據　┃クリック【click】喀嚓聲；按下（按鍵）　┃日記 日記
　　　　　　　　　　　　　　　　　　　　　　　　にっき

18 意志と希望（5）

／意志及希望（5）

◆ てみる　／試著（做）…

→ 接續方法：｛動詞て形｝＋みる

【嘗試】

（1）1度あんなところに行ってみたい。
那樣的地方我好想去一次看看。

（2）花の種をさしあげますから、植えてみてください。
我送你花的種子，你試種看看。

（3）食べてみましたが、ちょっと苦かったです。
試吃了一下，覺得有點苦。

（4）あの店はおいしいかどうか、食べてみてください。
請嚐看看那家店的菜到底好不好吃。

◆ つもりだ　／打算…、準備…；不打算…；並非有意要…

→ 接續方法：｛動詞辭書形｝＋つもりだ

【意志】

（1）今年の夏は、国内旅行に行くつもりです。
今年夏天我計劃要國內旅遊。

（2）髪を短く切るつもりだったが、やめた。
原本想把頭髮剪短，但作罷了。

單字及補充

所（所在的）地方，地點	植える 種植；培養	苦い 苦；痛苦	甘い 甜的；甜蜜的
辛い・鹹い 辣，辛辣；鹹的；嚴格	店 店，商店，店鋪，攤子	今年 今年	国内 該國
内部，國內	村 村莊，村落；鄉	田舎 鄉下，農村；故鄉，老家	郊外 郊外	坂 斜坡

(3) みんなをうちに招待しないつもりです。
しょうたい

我不打算邀請大家來家裡作客。

(4) 好きなゴルフをやめるつもりはない。
す

我並不打算放棄我所喜歡的高爾夫。

練習

Ⅰ [a,b] の中から正しいものを選んで、○をつけなさい。
なか　ただ　　　　えら

① 大学で歴史を勉強する　（a. つもり　　b. はず）　です。
だいがく　れきし　べんきょう

② 沖縄の料理はおいしいかどうか、食べて　（a. みたい　　b. いきたい）　です。
おきなわ　りょうり　　　　　　　　　　　た

③ 新しいお店に行って　（a. したら　　b. みたら）　、よかったよ。
あたら　みせ　い

④ あなたのことを　（a. 傷つける　　b. 傷つけた）　つもりではなかった。
きず　　　　　　きず

⑤ おいしそうなので、今度食べて　（a. みます　　b. みよう）　と思っています。
こんど た　　　　　　　　　　　　　　　　おも

Ⅱ 下の文を正しい文に並べ替えなさい。_____ に数字を書きなさい。
した ぶん ただ ぶん なら か　　　　　　　　　すうじ か

① このドアを、_____ _____ _____ _____ みて。

　　1. 強く　　2. 少し　　3. もう　　4. おして
　　　つよ　　　すこ

② 結婚したら、_____ _____ _____ _____ だ。
けっこん

　　1. 両親　　2. 住まない　　3. つもり　　4. とは
　　　りょうしん　　す

| 県 縣 | 市 …市 | 町 鎮 | 短い（時間）短少；（距離，長度等）短，近 | 床屋 理髮店；
| けん | し | ちょう | みじか | とこや

理髮室 | 動物園 動物園 | 美術館 美術館 | 家 自己的家裡（庭）；房屋 | 招待 邀請
どうぶつどう　　　びじゅつ　　　　　うち　　　　　　　　　　　　しょうたい

---

19 判断と推量（1）

／判斷及推測（1）

◆ そう ／好像…、似乎…

→ 接續方法：{[形容詞・形容動詞]詞幹；動詞ます形}＋そう

【様態】

（1）王さんは、非常に元気そうです。
王先生看起來非常有精神。

（2）上着のボタンが取れそうですよ。
外套的鈕釦好像快掉了喔！

（3）「ここにあるかな。」「なさそうだね。」
「那東西會在這裡嗎？」「好像沒有喔。」

◆ ようだ ／(1) 像…一樣的、如…似的；(2) 好像…

→ 接續方法：(1) {名詞の；動詞辭書形；動詞過去式}＋ようだ
(2) {名詞の；形容動詞詞幹な；[形容動詞・動詞]普通型}＋ようだ

【比喩】

（1）今日はあたたかくて、春のようだ。
今天很暖和，宛如春天一般。

【推斷】

（1）夜中に雨が降ったようです。
半夜似乎下過雨。

單字及補充

| 上着 上衣；外衣 | スーツ【suit】 套裝 | 着物 衣服；和服 | 下着 內衣，貼身衣物
| サンダル【sandal】涼鞋 | 履く 穿（鞋、襪） | 天気予報 天氣預報 | 季節 季節 | 空気
空氣；氣氛 | 冷える 變冷；變冷淡 | 下がる 下降；下垂；降低（價格、程度、溫度等）；衰退

（2）サイレンが鳴っているなと思っていたが、事故があったようだ。

我想著怎麼警笛大作的，好像是發生事故了。

◆ **らしい** ／(1) 像…樣子、有…風度；(2) 好像…、似乎…；(3) 說是…、好像…

→ 接續方法：{名詞；形容動詞詞幹；[形容詞・動詞] 普通形} ＋らしい

【樣子】————————————————————

（1）日本らしいおみやげを買って帰ります。

我會買些具有日本傳統風格的伴手禮帶回去。

【據所見推測】————————————————————

（1）救急車のサイレンが聞こえました。何か事故があったらしいです。

遠處傳來救護車的鳴笛聲，好像是發生什麼事故了。

【據傳聞推測】————————————————————

（1）天気予報によると、明日は雪らしい。

氣象預報指出，明天將會下雪。

練習 ————————————————————————————

Ⅰ [a,b] の中から正しいものを選んで、○をつけなさい。

① いなかでは、雪が降ると学校へいくのは　（a. 大変　　b. 大変な）　ようです。

② 彼はまるで子どもの　（a. ようで　　b. ように）　遊んでいる。

③ あの子は肉が好き　（a. のようだ　　b. らしい）。いつも肉ばかり食べてるよ。

④ 自分の力による一般入試で大学に　（a. 合格し　　b. 合格した）　ようです。

⑤ （a. ねむ　　b. ねむい）　そうね。昨日何時にねたの？

Ⅱ 下の文を正しい文に並べ替えなさい。_____ に数字を書きなさい。

① ガスコンロの火が　_____ _____ _____ _____　います。

　　1. に　　2. 消え　　3. そう　　4. なって

② 彼女は明日から５日間　_____ _____ _____ _____　らしい。

　　1. 行く　　2. に　　3. 休んで　　4. スキー

20 判断と推量（2）

◆ **はずだ** ／(1) 怪不得…；(2)（按理說）應該…

→ 接続方法：{名詞の；形容動詞詞幹な；[形容詞・動詞] 普通形} ＋
　　　　　はずだ

【理解】────────────────────────

(1) 寒いはずだ。雪が降っている。
　　難怪這麼冷，原來外面正在下雪。

【推斷】────────────────────────

(1) 港には、船がたくさんあるはずだ。
　　港口應該有很多船隻。

(2) 彼がこんな条件で承知するはずがありません。
　　按理說他不可能會接受這樣的條件。

(3) 今回は真面目に勉強したから、次は合格できるはずだ。
　　既然這次如此認真學習了，下次應該能夠考上。

◆ **はずがない、はずはない** ／不可能…、不會…、沒有…的道理

→ 接続方法：{名詞の；形容動詞詞幹な；[形容詞・動詞] 普通形} ＋
　　　　　はずが（は）ない

【推斷】────────────────────────

(1) 真面目な彼が遅刻するはずがないです。
　　向來一板一眼的他不可能遲到。

單字及補充

| はず 應該；會；確實　| 港 港口，碼頭　| 船・舟 船；舟，小型船　| 乗り物 交通工具　| オートバイ 【auto bicycle 之略】摩托車　| 汽車 火車　| ガソリン【gasoline】汽油　| ガソリンスタンド【（和製英語）gasoline＋stand】加油站　| 空港 機場　| 飛行場 機場　| 揺れる 搖動；動搖　| 拾う

（2）初めからすべてのことを覚えられるはずがない。
不可能一開始做就全部學會。

（3）こんなに大きなケーキ、一人で食べられるはずがない。
這麼大的蛋糕，一個人不可能吃得完。

（4）そんな下手な絵が売れるはずがない。
那麼差勁的畫，怎麼可能賣得出去。

練習

Ⅰ [a,b] の中から正しいものを選んで、○をつけなさい。

① 今は夏休み期間だから、先生も　（a. 休みの　　b. 休みな）　はずだ。

② 先週林さんは中国へ行ったから、今日本にいない　（a. ことです　　b. はずです）　よ。

③ きれいに書くだけで覚えられる　（a. はず　　b. そう）　がない。

④ 彼はアメリカの大学に行っていたから、英語が　（a. 上手　　b. 上手な）　はずだ。

⑤ ここから学校まで急いでも 10 分で　（a. つくはずがない　　b. つくはずではない）。

Ⅱ 下の文を正しい文に並べ替えなさい。　＿＿＿＿ に数字を書きなさい。

① 彼は医者だから、病気 ＿＿＿＿ ＿＿＿＿ ＿＿＿＿ だ。

　　1. ついて　　2. はず　　3. 詳しい　　4. に

② 全然仕事が終わらないのに、今夜の ＿＿＿＿ ＿＿＿＿ ＿＿＿＿ ＿＿＿＿ がないよ。

　　1. はず　　2. に　　3. 飲み会　　4. 行ける

撿拾；挑出；接；叫車　┃承知 知道，了解，同意；接受　┃次 下次，下回，接下來；第二，其次

┃真面目 認真；誠實　┃可笑しい 奇怪的，可笑的；可疑的，不正常的　┃初め 開始，起頭；起因

┃大きな 大，大的　┃小さな 小，小的；年齢幼小　┃下手（技術等）不高明，不擅長，笨拙

21 判断と推量（3）
／判斷及推測（3）

◆ だろう ／…吧

→ 接續方法：｛名詞；形容動詞詞幹；［形容詞・動詞］普通形｝＋だろう

【推斷】

(1) 客がたくさん入るだろう。
會有很多客人進來吧！

(2) 彼女はたぶん国際的な仕事をするだろう。
她一定會從事國際性的工作吧！

(3) 日曜日は晴れるでしょう。（女性口語）
星期天應該會放晴吧！

◆ （だろう）とおもう ／（我）想…、（我）認為…

→ 接續方法：｛［名詞・形容詞・形容動詞・動詞］普通形｝＋（だろう）
とおもう

【推斷】

(1) 仕事は今日中に終わらないだろうと思っている。
我認為今天之內恐怕無法完成工作。

(2) 彼はうれしそうだ。試験に合格したのだろうと思う。
他看起來很開心。我猜大概是考試通過了。

(3) 星が出ている。明日は晴れるだろうと思います。
星星露臉了，我想明天應該是個晴朗的好天氣。

單字及補充

|国際 國際 |星 星星 |雲 雲 |月 月亮 |光る 發光，發亮；出眾 |映る 反射，映照；相襯 |光 光亮，光線；(喻) 光明，希望；威力，光榮 |ピアノ【piano】鋼琴 |ステレオ【stereo】音響 |昼間 白天 |時 …時，時候 |日 天，日子 |年 年齡；一年 |時代

◆ とおもう ／覺得…、認為…、我想…、我記得…

→ 接續方法：{[名詞・形容詞・形容動詞・動詞] 普通形} ＋とおもう

【推斷】────────────────────────────────

（1）ピアノが弾けたらかっこういいと思います。
　　　心想要是會彈鋼琴那該是一件多麼酷的事啊！

（2）彼は、昼間は忙しいと思います。
　　　我想他白天應該很忙。

【想法】────────────────────────────────

（1）先生にお礼を申し上げようと思います。
　　　我想跟老師道謝致意。

21
判斷及推測
(3)

練習

I [a,b] の中から正しいものを選んで、○をつけなさい。

① こんな家を　（a. 建てたいだ　　b. 建てたい）　と思います。

② 有名な建築家がデザインした家ですから、（a. 高く　　b. 高い）　だろうと思います。

③ 都会へ行ったら、もっと生活が厳しく（a. なりたい　　b. なる）　だろうと思う。

④ 今晩から明日の朝にかけて、強い雨が（a. 降る　　b. 降よう）　と思います。

⑤ 彼はたぶん気が（a. つきます　　b. つく）　だろう。

II 下の文を正しい文に並べ替えなさい。_____ に数字を書きなさい。

① 明日も　_____ _____ _____ _____　だろう。

　　1. Cチーム　　2. きっと　　3. 勝つ　　4. が

② 東京の冬は、_____ _____ _____ _____。

　　1. 寒い　　2. と思う　　3. だろう　　4. 割合に

時代；潮流；歷史　┃暮れる 日暮，天黑；到了尾聲，年終　┃終わり 結束，最後　┃始める 開
始；開創；發（老毛病）

---

22 判断と推量（４）

／判斷及推測（４）

◆ がする ／感到…、覺得…、有…味道

→ 接續方法：{名詞} ＋がする

【様態】

（1）機械のような音がしますね。
き かい　　　　　　　　おと
聽到像機械般的聲音耶。

（2）魚を焼くいい匂いがします。
さかな　や　　　　にお
聞到陣陣的烤魚香味。

（3）あの女性は、30 歳以下の感じがする。
じょせい　　　　さい い か　　かん
那位女性，感覺不到 30 歲。

◆ かどうか ／是否…、…與否

→ 接續方法：{名詞；形容動詞詞幹；[形容詞・動詞]普通形} ＋かどうか

【不確定】

（1）先生が来るかどうか、まだ決まっていません。
せんせい　く　　　　　　　　　き
老師還沒決定是否要來。

（2）台所に米があるかどうか、見てきてください。
だいどころ　こめ　　　　　　　　　　み
你去看廚房裡是不是還有米。

（3）水道の水が飲めるかどうか知りません。
すいどう　みず　の　　　　　　　し
不知道自來水是否可以飲用。

單字及補充

| 焼く 焚燒；烤；曬；嫉妒　　　| 焼ける 烤熟；（被）烤熟；曬黑；燥熱；發紅；添麻煩；感到嫉妒
や　　　　　　　　　　　　　　　　や

| 沸かす 煮沸；使沸騰　| 沸く 煮沸，煮開；興奮　| 味 味道；趣味；滋味　| 匂い 味道；風貌
わ　　　　　　　　　　　わ　　　　　　　　　　　あじ　　　　　　　　　　にお

| 米 米　| 食料品 食品　| 味噌 味噌　| 漬ける 浸泡；醃　| 包む 包住，包起來；隱藏，隱瞞
こめ　　しょくりょうひん　　　　みそ　　　　　　　つ　　　　　　　　つつ

◆ かもしれない　　／也許…、可能…

→ 接續方法：{名詞；形容動詞詞幹；[形容詞・動詞] 普通形} ＋かもしれない

【推斷】

(1) あれは、自動車の音かもしれない。
　　　　　　じどうしゃ　おと
　　　那可能是汽車的聲音。

(2) 台風で、枝が折れるかもしれない。
　　　たいふう　えだ　お
　　　樹枝或許會被颱風吹斷。

(3) 新しい先生は、厳しいかもしれない。
　　　あたら　せんせい　きび
　　　新來的老師也許會很嚴格。

練習

I [a,b] の中から正しいものを選んで、○をつけなさい。
　　　　なか　ただ　　　　　　えら

① 彼によると、このお菓子はオレンジの味　（a. は　　b. が）　するそうだ。
　かれ　　　　　　　かし　　　　　　　あじ

② 明日、は雨　（a. と思います　　b. かもしれない）。
　あした　あめ　　　　　おも

③ 頭痛が　（a. する　　b. いる）　のですか。どうぞお大事に。
　ずつう　　　　　　　　　　　　　　　　　　だいじ

④ 私の意見が正しい　（a. かどうか　　b. か）、教えてください。
　わたし　いけん　ただ　　　　　　　　　　　　おし

⑤ 彼は指輪をしていないし、結婚してない　（a. はずがない　　b. かもしれない）。
　かれ　ゆびわ　　　　　　　けっこん

II 下の文を正しい文に並べ替えなさい。＿＿＿＿に数字を書きなさい。
　　した　ぶん　ただ　ぶん　なら　か　　　　　　　　　　すうじ　か

① 紙の裏に名前が　＿＿＿＿　＿＿＿＿　＿＿＿＿　＿＿＿＿、見てください。
　かみ　うら　なまえ　　　　　　　　　　　　　　　　　　　　み

　1. 書いて　　2. どうか　　3. か　　4. ある
　　か

② あの人は　＿＿＿＿　＿＿＿＿　＿＿＿＿　＿＿＿＿。
　　ひと

　1. します　　2. 感じ　　3. 冷たい　　4. が
　　　　　　　　　かん　　　つめ

│ 噛む　咬　│ 残る　剩餘，剩下；遺留　│ 水道　自來水管　│ 台風　颱風　│ 厳しい　嚴格；嚴重；
　か　　　　　　　　　　　の　　　　　　　　　　　　　　すいどう　　　　　　　たいふう　　　　　　きび
嚴酷　│ 酷い　殘酷；過分；非常；嚴重，猛烈
　　　　　　ひど

23 可能、難易、程度、引用と対象（1）Track 23
／可能、難易、程度、引用及對象（1）

◆ ことがある ／(1) 曾經有過…；(2) 有時…、偶爾…

→ 接續方法：{動詞過去式；動詞辭書形；動詞否定形} ＋ことがある

【經驗】

(1) 私は狸を見たことがある。
わたし たぬき み
我看過狸貓。

(2) 彼は日本に留学したことがある。
かれ にほん りゅうがく
他曾到日本留學過。

【不定】

(1) 今でもときどきあなたのことを思い出すことがある。
いま おも だ
直到現在，有時我還會想起你。

◆ ことができる ／(1) 可能、可以；(2) 能…、會…

→ 接續方法：{動詞辭書形} ＋ことができる

【可能性】

(1) 科学が進歩して、いろいろなことができるようになりました。
か がく しん ぽ
科學不斷進步，很多事情都可以做了。

(2) ここからとても素晴らしい景色を見ることができます。
すば けしき み
從這裡，可以看到令人嘆為觀止的景緻。

【能力】

(1) 山下さんは速く泳ぐことができます。
やました はや およ
山下同學可以游得飛快。

單字及補充

| 思い出す 想起來，回想　| 科学 科學　| 言語学 語言學　| 経済学 經濟學　| 医学 醫學　| 数学
おも だ　　　　　　　　　か がく　　　　げん ご がく　　　　けいざいけい　　　　い がく　　　　すうがく
數學　| 歴史 歷史　| 素晴らしい 出色，很好　| 珍しい 少見，稀奇　| スプーン【spoon】湯匙
れきし　　　　　　　すば　　　　　　　　　　めずら
| フォーク【fork】叉子，餐叉　| ナイフ【knife】刀子，小刀，餐刀　| 箸 筷子，箸
　　　　　　　　　　　　　　　　　　　　　　　　　　　　　　　　　　　　はし

◆ （ら）れる　／(1) 會…、能…；(2) 可能、可以

→ 接續方法：{［一段動詞・力變動詞］可能形}　＋られる；{五段動詞可能形；サ變動詞可能形さ}　＋れる

【能力】

(1) 娘と一緒に走れるトレーナーを目指す。
我的目標是成為一個可以陪伴女兒一起跑步的指導教練。

(2) 入園時、おはしやフォークが使えない子はどれくらいいるの？
剛進幼稚園時，有幾個孩子不會使用筷子、叉子等餐具吃飯呢？

【可能性】

(1) 人は誰でも作家になれる。
不論是誰都可以成為作家。

練習

Ⅰ [a,b] の中から正しいものを選んで、○をつけなさい。

① 若いころは、夜中まで遊ぶことも　（a. ある　　b. あった）。

② 時間があるときには、ネットでレシピを調べて料理を作ることも　（a. あります　　b. します）。

③ こんなきれいな景色、今でも　（a. 見る　　b. 見た）　ことがありません。

④ 私はたくさんの中国料理を　（a. 作る　　b. 作った）　ことができます。

⑤ これくらいなら　（a. 覚えられる　　b. 覚えよう）。

Ⅱ 下の文を正しい文に並べ替えなさい。＿＿＿に数字を書きなさい。

① この運動をしたら、＿＿＿　＿＿＿　＿＿＿　＿＿＿　ができた。

　　1. 3キロ　　2. こと　　3. 痩せる　　4. くらい

② ゆっくりでいいよ。＿＿＿　＿＿＿　＿＿＿　＿＿＿。

　　1. 話してね　　2. ところ　　3. 話せる　　4. まで

24 可能、難易、程度、引用と対象（2） Track 24
／可能、難易、程度、引用及對象（2）

◆ **すぎる** ／太…、過於…

→ 接續方法：｛［形容詞・形容動詞］詞幹；動詞ます形｝＋すぎる

【程度】────────────────────────

（1）私の町は人口が多すぎます。
　　我住的城市人口過多。

（2）敵が強すぎて、彼らは進むことも戻ることもできなかった。
　　敵人太強了，讓他們陷入進退兩難的局面。

（3）彼は法律を知らなさすぎた。
　　他的法律知識太過貧乏了。

（4）かっこよすぎて付き合えない。
　　因為長得太帥了，沒辦法跟他交往。

◆ **數量詞＋も** ／(1) 多達…；(2) 好…

→ 接續方法：｛數量詞｝＋も

【數量多】────────────────────────

（1）コンサートに、1万人も集まりました。
　　多達一萬人，聚集在演唱會上。

（2）私は 30 年も先生をしています。
　　我當老師已長達 30 年了。

單字及補充

| 人口 人口 | 市民 市民，公民 | 員 人員；人數；成員；…員 | 集まる 聚集，集合 | 集める 集合；收集；集中 | 連れる 帶領，帶著 | 欠ける 缺損；缺少 | 習慣 習慣 | 自由 自由，隨便 | 過ぎる 超過；經過；過於… | 進む 進展，前進；上升（級別等）；進步；（鐘）快；引起食慾；（程度）

【強調】

（1）何度もメールしてすみません。
なんど
很抱歉多次發信來打擾您。

（2）夜何回もおきてしまって、困っています。
よるなんかい　　　　　　　　　　　　　こま
一晚多次醒來，我深感困擾。

練習

Ⅰ [a,b] の中から正しいものを選んで、○をつけなさい。
なか　　ただ　　　　　　えら

① 昨日は　（a. 食べ　　b. 食べた）すぎてしまった。胃が痛い。
きのう　　　　　た　　　　　　た　　　　　　　　　　　　　　い　いた

② 彼は日本酒を 10 本 （a. も　　b. が）飲んだ。
かれ　にほんしゅ　　ぽん　　　　　　　　　　の

③ 学生なのに勉強 （a. しなさ　　b. しない）すぎるよ。
がくせい　　　べんきょう

④ この機械は、（a. 不便に　　b. 不便）すぎます。
きかい　　　　ふべん　　　　　ふべん

⑤ 一軒家を建てるのに、10 億円 （a. も　　b. に）使いました。
いっけんや　た　　　　　　おくえん　　　　　　　　　　つか

Ⅱ 下の文を正しい文に並べ替えなさい。＿＿＿ に数字を書きなさい。
した　ぶん　ただ　ぶん　なら　か　　　　　　　　すうじ　か

① ＿＿＿ ＿＿＿ ＿＿＿ ＿＿＿ すぎる。

　1. 君　　2. はっきり　　3. 言い　　4. は
　　きみ　　　　　　　　　　　い

② 昨日はコーヒー ＿＿＿ ＿＿＿ ＿＿＿ ＿＿＿。
きのう

　1. 何ばい　　2. 飲んだ　　3. を　　4. も
　　なん　　　　　の

提高　｜コンサート【concert】音樂會　｜ラップ【rap】饒舌樂，饒舌歌　｜音（物體發出的）聲音；
音訊　｜踊り 舞蹈　｜聞こえる 聽得見，能聽到；聽起來像是…；聞名　｜踊る 跳舞，舞蹈
　　　　おど　　　　　　き　　　　　　　　　　　　　　　　　　　　　　　　　　　　おど
｜回 …回，次數　｜困る 感到傷腦筋，困擾；難受，苦惱；沒有辦法
かい　　　　　こま

25 可能、難易、程度、引用と対象（３）Track 25
／可能、難易、程度、引用及對象（３）

◆ やすい ／容易…、好…

→ 接續方法：{動詞ます形} ＋やすい

【容易】————————————————————————

(1) この辞書はとても使いやすい。
　　這本字典使用起來很順手。

(2) 山口先生の話はわかりやすくておもしろいです。
　　山口教授講起話來簡單易懂又幽默風趣。

(3) 雨の日は、道がすべりやすくてあぶないです。
　　下雨天道路濕滑容易摔跤，很危險。

(4) この季節は風邪を引きやすいし、疲れやすい。
　　這個季節特別容易感冒，也容易感到疲憊。

◆ にくい ／不容易…、難…

→ 接續方法：{動詞ます形} ＋にくい

【困難】————————————————————————

(1) 蘭は育てにくいです。
　　蘭花很難培植。

(2) この会社では、力を出しにくい。
　　在這公司難以發揮實力。

單字及補充

辞典 字典	辞書 字典，辭典	字引 字典，辭典	面白い 好玩；有趣，新奇；可笑的
力 力氣；能力	テキスト【text】教科書	文学 文學	小説 小説	漫画 漫畫
消しゴム【けし＋(荷)gom】橡皮擦	昼休み 午休	研究 研究	英会話 英語會話

(3) 読みにくいテキストですね。

真是一本難以閱讀的教科書呢！

(4) 12月は忙しくて、休みが取りにくいです。

12月份格外忙碌，很難請假。

練習

I [a,b] の中から正しいものを選んで、○をつけなさい。

① 12月は忙しくて、休みが （a. 取り　　b. 取る）　にくいです。

② やぶれ （a. やすい　　b. にくい）　袋だから、重い物をいれないでください。

③ この薬は、苦くて飲み （a. にくい　　b. やすい）　です。

④ このグラスは （a. われ　　b. わり）　やすいので、ご注意ください。

⑤ このかばんは丈夫で壊れ （a. つらい　　b. にくい）　です。

II 下の文を正しい文に並べ替えなさい。 _____ に数字を書きなさい。

① ここは静かで、物価も安い　_____　_____　_____　_____　です。

　　1. やすい　　2. 住み　　3. し　　4. たいへん

② この　_____　_____　_____　_____　です。

　　1. 硬くて　　2. 肉は　　3. にくい　　4. 食べ

|初心者 初學者　　|入門講座 入門課程，初級課程　　|答え 回答；答覆；答案　　|線 線；線路；
界限　　|点 點；方面；(得)分　　|間違える 錯；弄錯　　|写す 抄；照相；描寫，描繪　　|月 …月

---

26 可能、難易、程度、引用と対象（４） Track 26
／可能、難易、程度、引用及對象（４）

◆ そうだ ／聽說…、據說…

→ 接續方法：{[名詞・形容詞・形容動詞・動詞] 普通形} ＋そうだ

【傳聞】────────────────────────

(1) ニュースによると、北海道で地震があったそうだ。
　　根據新聞報導，北海道發生了地震。

(2) ニラの花、天ぷらにしたら美味しいそうだ。
　　聽說韭菜花做成天婦羅會很好吃。

◆ という ／(1)叫做…；(2)說…（是）…

→ 接續方法：{名詞；普通形} ＋という

【介紹名稱】────────────────────────

(1) この歌は、星野源という人が歌ってるの。
　　這首歌是一位叫做星野源的人唱的。

【說明】────────────────────────

(1) 鈴木さんが来年、京都へ転勤するといううわさを聞いた。
　　我聽說了鈴木小姐明年將會調派到京都上班的傳聞。

◆ ということだ ／(1)聽說…、據說…；(2)就是…一回事

→ 接續方法：{簡體句} ＋ということだ

單字及補充

| 非常に 非常，很　| について 關於　| 工事中 施工中；（網頁）建製中　| 通う 來往，往來（兩地間）；通連，相通　| 通る 經過；通過；穿透；合格；知名；了解；進來　| 通り 道路，街道　| 近道 捷徑，近路　| 交通 交通　| 通行止め 禁止通行，無路可走　| 一方通行 單行道；單向傳達　| 横断歩道 斑馬線

【傳聞】────────────────────

(1) 今年は去年よりも暑いということだ。
こ とし きょねん　　　　　　 あつ
聽說今年會比去年還要熱。

【說明】────────────────────

(1) 客から求められるレベルが非常に高いということだ。
きゃく　 もと　　　　　　　　　　　　 ひじょう　 たか
客人對我們要求的層級非常高。

◆ について (は)、につき、についても、についての

／ (1) 由於…；(2) 有關…、就…、關於…

→ 接續方法：{名詞} ＋について (は)、につき、についても、についての

【原因】────────────────────

(1) 工事中につき、この道は通れません。ご協力ください。
こ う じ ちゅう　　　　　　 みち　 とお　　　　　　　　　　 きょうりょく
此路由於正在施工，無法通行，敬請見諒。

【對象】────────────────────

(1) 警官は、事故について話すように言いました。
けいかん　　 じ こ　　　　　 はな　　　　　 い
警察要我陳述事故的發生經過。

練習 ────────────────────────────────

I [a,b] の中から正しいものを選んで、○をつけなさい。
　　なか　 ただ　　　　　　 えら

① 娘の話では、１週間後、孫が生まれる　(a. ようだ　　b. そうだ)　よ。
　 むすめ はなし　　　 しゅうかんご　 まご　 う

② 「鬼滅の刃」という漫画が、世界中で人気が　(a. ある　　b. あって)　そうです。
　　き めつ やいば　　　　　 まん が　 せ かいじゅう にん き

③ 今朝から何も食べていないので、お腹がすいて　(a. 死にそうだ　　b. 死ぬそうだ)。
　 け さ　　 なに 　た　　　　　　　　　　　 なか　　　　　　　　 し　　　　　　　　　　 し

④ 山田さんは N1 に合格した　(a. ということだ　　b. というものだ)。
　 やまだ　　　 エヌ　　 ごうかく

⑤ 今朝近くで女性が後ろから襲われる　(a. で　　b. と)　いう事件があったらしい。
　 け さちか　　 じょせい うし　　　 おそ　　　　　　　　　　　　　　　　　　　 じ けん

II 下の文を正しい文に並べ替えなさい。_____ に数字を書きなさい。
　 した ぶん ただ　 ぶん なら か　　　　　　　　　　　 すう じ か

① _____ _____ _____ _____ １度は行ってみたいね。
　　　　　　　　　　　　　　　　　　　　　　 ど　 い

　　1. ところ　　2. に　　3. という　　4. ハワイ

② 来週からガソリンの _____ _____ _____ _____ だ。
　 らいしゅう

　　1. という　　2. こと　　3. 価格が　　4. 上がる
　　　　　　　　　　　　　　　　　 か かく　　　　あ

27 変化、比較、経験と付帯（１） Track 27
／變化、比較、經驗及附帶狀況（１）

◆ ていく ／(1)…起來；(2)…下去；(3)…去

→ 接續方法：{動詞て形} ＋いく

【變化】
> （1）運動してるから、これから彼もどんどん体がよくなっていくでしょう。
> 因為適當的運動，從此他的身體應該會越來越強壯吧！

【繼續】
> （1）彼は、一人で生きていくそうです。
> 聽說他打算靠自己的力量過活。

【方向－由近到遠】
> （1）遠足にサンドイッチを持っていきます。
> 遠足時會帶三明治去。

◆ てくる ／(1)…起來；(2)…來；(3)…（然後再）來…；(4)…起來、…過來

→ 接續方法：{動詞て形} ＋くる

【變化】
> （1）雨が降ってきた。
> 下起雨來了。

【方向－由遠到近】
> （1）お祭りの日が、近づいてきた。
> 慶典快到了。

單字及補充

| 生きる 活，生存；生活；致力於…；生動 | 亡くなる 去世，死亡 | 弱い 虚弱；不擅長，不高明 | お祭り 慶典，祭典，廟會 | 正月 正月，新年 | ずっと 更；一直 | 偶に 偶爾 | これから 接下來，現在起 | そろそろ 快要；逐漸；緩慢 | 到頭 終於 | やっと 終於，好不容易 | 先ず 首先，總之；大約；姑且 | もう直ぐ 不久，馬上 | 適当 適當；適度；隨便 | てしまう 強調某一狀態或動作完了；懊悔

【去了又回】————————————————————

(1) 私は先日北海道へ行ってきました。
わたし　せんじつほっかいどう　い
我前陣子去了一趟北海道。

【繼續】————————————————————

(1) 祖父はずっとその会社で働いてきました。
そふ　　　　　　かいしゃ　はたら
祖父一直在那家公司工作到現在。

◆ ず（に）　／不…地、沒…地

→ 接續方法：{動詞否定形（去ない）}　＋ず（に）

【否定】————————————————————

(1) 細かいことは言わずに、適当にやりましょう。
こま　　　い　　　　　てきとう
別在意小細節，視情況而為吧！

(2) 先生に会わずに帰ってしまったの。
せんせい　あ　　　　かえ
沒見到老師就打道回府了嗎？

(3) 連絡せずに、仕事を休みました。
れんらく　　　　　しごと　やす
沒有聯絡就缺勤了。

練習

Ⅰ [a,b] の中から正しいものを選んで、○をつけなさい。
なか　　　ただ　　　　　　　　えら

① 仕事で最近ミスが多く （a. なって　　b. なる） きた。
しごと　さいきん　　　　おお

② 毎年大して勉強も （a. せ　　b. さ） ずに東大に合格する天才はどのくらいいますか？
まいとしたい　　べんきょう　　　　　　　　　　とうだい　ごうかく　　てんさい

③ この街は、みなに愛されて （a. みました　　b. きました）。
まち　　　　　　あい

④ 研究員としてやって （a. いく　　b. くる） つもりですか。
けんきゅういん

Ⅱ 下の文を正しい文に並べ替えなさい。_____に数字を書きなさい。
した　ぶん　ただ　　ぶん　なら　か　　　　　　　　　すうじ　か

① 彼は私に _____ _____ _____ _____ 部屋に入ってきた。
かれ　わたし　　　　　　　　　　　　　　　　　　　　　　へや　はい

1. も　　2. 静かに　　3. せずに　　4. 挨拶
　　　　　　　しず　　　　　　　　　　あいさつ

② 会社が遠いから、旦那はいつも _____ _____ _____ _____。
かいしゃ　とお　　　　だんな

1. 早く　　2. 行く　　3. 朝　　4. 出て
　　はや　　　　い　　　　あさ　　　で

28 変化、比較、経験と付帯（2）　
／變化、比較、經驗及附帶狀況（2）

◆ ようになる　／（變得）…了

→ 接續方法：{動詞辭書形；動詞可能形} ＋ようになる

【變化】────────────────────────

(1) 枝を切ったので、遠くの山が見えるようになった。
　　　えだ　き　　　　　　とお　　やま　み
　　由於砍掉了樹枝，可以看到遠山了。

(2) 今年から、倍の給料をもらえるようになりました。
　　ことし　　　ばい　きゅうりょう
　　從今年起可以領到雙倍的薪資了。

(3) 上手に英語が話せるようになったら、すごいなあ。
　　じょうず　えいご　はな
　　如果講得一口好英文，就太棒了！

◆ ことになる　／（1）也就是說…；（2）規定…；（3）（被）決定…

→ 接續方法：{動詞辭書形；動詞否定形} ＋ことになる

【換句話說】────────────────────────

(1) 異性と食事に行くというのは、付き合っていることになる
　　いせい　しょくじ　い　　　　　　　　　　　つ　あ
　　んでしょうか。
　　跟異性一起去吃飯，就表示兩個人在交往嗎？

【約束】────────────────────────

(1) ここではタバコを吸ってはいけないことになっている。
　　　　　　　　　　　す
　　這裡規定不可以抽菸。

【決定】────────────────────────

(1) 来月帰国することになった。
　　らいげつ き こく
　　決定在下個月回國了。

單字及補充

| 枝 樹枝；分枝 | 草 草 | 葉 葉子，樹葉 | 林 樹林；林立；（轉）事物集中貌 | 森 樹林 |
| えだ | くさ | は | はやし | もり |

| 緑 綠色，翠綠；樹的嫩芽 | 小鳥 小鳥 | 折れる 折彎；折斷；拐彎；屈服 | 止む 停止 |
| みどり | ことり | お | や |

| 固い・硬い・堅い 堅硬；結實；堅定；可靠；嚴厲；固執 | 開く 綻放；打開；拉開；開拓；開設 |
| かた　かた　かた | ひら |

◆ たことがある ／(1) 曾經…過；(2) 曾經…

→ 接續方法：{動詞過去式}＋たことがある

【特別經驗】

(1) 昔、富士山に登ったことがある。
むかし　ふ じ さん　のぼ
我曾經爬過富士山。

(2) 小さい頃、日本の有名な人に会ったことがある。
ちい　ころ　にほん　ゆうめい　ひと　あ
我曾見過日本的知名人士。

【一般經驗】

(1) そんな話、私は聞いたことがありません。
はなし　わたし　き
那種事我連聽都沒聽過。

練習

Ｉ [a,b] の中から正しいものを選んで、○をつけなさい。
なか　ただ　えら

① 社員が日によって交代で出社すること　（a. にした　　b. になった）。
しゃいん ひ　　こうたい　しゅっしゃ

② ときどき先生のお宅に　（a. うかがった　　b. うかがう）　ことがあります。
せんせい　たく

③ 日本語の新聞が読める　（a. ように　　b. ために）　なりました。
に ほん ご　しんぶん　よ

④ 私はまだ沖縄の踊りを　（a. 見たことがありました　　b. 見たことがありません）。
わたし　　おきなわ　おど　　　　み　　　　　　　　　　　　み

⑤ 私の国では、電車の中で飲食をしてはいけないこと　（a. に　　b. が）　なっている。
わたし　くに　　でんしゃ　なか　いんしょく

Ⅱ 下の文を正しい文に並べ替えなさい。＿＿＿＿に数字を書きなさい。
した　ぶん　ただ　　ぶん　なら　か　　　　　　　　　　すう じ　か

① 社会人になってから自分で弁当　＿＿＿　＿＿＿　＿＿＿　＿＿＿　ました。
しゃかいじん　　　　　　じ ぶん　べんとう

　1. ように　　2. なり　　3. 作る　　4. を
　　　　　　　　　　　　　　　　つく

② 夏は、授業中に水を飲んで　＿＿＿　＿＿＿　＿＿＿　＿＿＿　なっている。
なつ　　じゅぎょうちゅう みず　の

　1. いい　　2. こと　　3. も　　4. に

開導　┃食事 用餐，吃飯；餐點　┃夕飯 晚飯　┃湯 開水，熱水；浴池；溫泉；洗澡水　┃頃・頃
　　　　しょく じ　　　　　　　　　　ゆうはん　　　　ゆ　　　　　　　　　　　　　　　　　　　　　ごろ　ごろ
（表示時間）左右，時候，時期；正好的時候　┃有名 有名，聞名，著名
　　　　　　　　　　　　　　　　　　　　　　　　ゆうめい

29 変化、比較、経験と付帯（3）
／變化、比較、經驗及附帶狀況（3）

◆ ほど～ない ／不像…那麼…、沒那麼…

→ 接續方法：{名詞；動詞普通形} ＋ほど～ない

【比較】

（1）その服は、あなたが思うほど変じゃないですよ。
那件衣服，其實並沒有你想像中的那麼奇怪。

（2）アメリカ文学は、日本文学ほど好きではありません。
我對美國文學，沒有像日本文學那麼熱愛。

（3）この花は、その花ほどいい匂いではない。
這朵花不像那朵花味道那麼香氣四溢。

（4）私は彼女ほど速く走れない。
我沒辦法跑得像她那麼快。

◆ と～と、どちら ／在…與…中，哪個…

→ 接續方法：{名詞} ＋と＋ {名詞} ＋と、どちら（のほう）が

【比較】

（1）お目出度うございます。賞品は、カメラとテレビとどちらのほうがいいですか。

恭喜您！獎品有照相機跟電視，您要哪一種？

（2）日本語と英語と、どちらのほうが複雑だと思いますか。
日語和英語，你覺得哪種語言比較複雜？

單字及補充

┃比べる 比較 ┃思う 想，思考；覺得，認為；相信；猜想；感覺；希望；掛念，懷念 ┃考える 想，思考；考慮；認為 ┃変 奇怪，怪異；變化；事變 ┃特別 特別，特殊 ┃大事 大事；保重，重要（「大事さ」為形容動詞的名詞形） ┃アジア【Asia】亞洲 ┃アフリカ【Africa】非洲 ┃アメリカ【America】美國 ┃お目出

（3）石井先生と高田先生と、どちらがやさしいと思いますか？
石井教授和高田教授，你覺得哪位比較和藹呢？

（4）右と左とどっちの方向に行けばいいのだろうか。
右邊跟左邊，該往哪個方向走呢？

練習

Ⅰ [a,b] の中から正しいものを選んで、○をつけなさい。

① 兄は父 （a. ほど　　b. ぐらい）　背が高くない。

② 外は雨だけど、傘をさす （a. ほど　　b. ぐらい）　降っていない。

③ お父さんとお母さん、（a. どっち　　b. より）　がきびしい？

④ 彼女 （a. ような　　b. ほど）　美しい女優はいない。

⑤ パンとサラダと、（a. ほう　　b. どちら）　から先に食べますか。

Ⅱ 下の文を正しい文に並べ替えなさい。_____に数字を書きなさい。

① _____ _____ _____ _____ はない。

　　1. もの　　2. ほど　　3. 小説　　4. 面白い

② 生まれてくる子は男と女 _____ _____ _____ _____ がいいですか。

　　1. どちら　　2. と　　3. の　　4. ほう

度うございます 恭喜　│お陰 託福；承蒙關照　│お陰様で 託福，多虧　│お大事に 珍重，請多
保重　│お待たせしました 讓您久等了　│畏まりました 知道，了解（「わかる」謙讓語）　│それはいけ
ませんね 那可不行　│何方 哪一個　│此方 這裡，這邊　│方 …方，邊；方面；方向　│向かう 面向

30 行為の開始と終了等（1） Track 30
／行為的開始與結束等（1）

◆ ところだ ／剛要…、正要…

→ 接續方法：{動詞辭書形}＋ところだ

【將要】

(1) これから山に登るところだ。
現在正準備爬山。

(2)「早く薬を飲みなさい。」「今、飲むところだよ。」
「快點吃藥！」「現在正要吃啦！」

(3) もうすぐ2時になるところです。
現在快要兩點了。

◆ ているところだ ／正在…、…的時候

→ 接續方法：{動詞て形}＋いるところだ

【時點】

(1) 学校教育について、研究しているところだ。
現在正在研究學校教育。

(2) どんな形の部屋にするか、考えているところです。
房間如何擺飾呢？我現在正在構思。

(3) 明日はテストです。だから、今準備しているところです。
明天考試，所以，現在正在準備。

單字及補充

形 形狀；形，樣子；形式上的；形式	準備 準備	支度 準備；打扮；準備用餐	用意 準備；注意
機械 機械	故障 故障	回る 轉動；走動；旋轉；繞道；轉移	壊れる 壊掉，損壞；故障
拝見 看，拜讀	いらっしゃる 來，去，在（尊敬語）	おいでになる 來，去，在，

◆ たところだ ／剛…

→ 接續方法：{動詞過去式} ＋ところだ

【時點】

(1) 先生が、今本をくださったところです。
せんせい いまほん
老師剛才給我書。

(2) 今、ちょうど機械が止まったところだ。
いま きかい と
現在機器剛停了下來。

(3) ちょうど写真を拝見したところです。
しゃしん はいけん
剛看完您的照片。

練習

I [a,b] の中から正しいものを選んで、○をつけなさい。
なか ただ えら

① 今から、ご飯を （a. 食べる　　b. 食べている）ところです。
いま はん た た

② 今レポートをなんとか （a. 書き終わる　　b. 書き終わった）ところです。
いま か お か お

③ これから野球を （a. しにいく　　b. していく）ところだ。
や きゅう

④ 今、車に乗っている （a. ところ　　b. まま）だから、後で電話するね。
いま くるま の あと でんわ

⑤ バスを降りたところで、傘を忘れたことに （a. 気づく　　b. 気づいた）。
お かさ わす き き

II 下の文を正しい文に並べ替えなさい。＿＿＿＿に数字を書きなさい。
した ぶん ただ ぶん なら か すうじ か

① ＿＿＿ ＿＿＿ ＿＿＿ ＿＿＿、着いたら連絡します。
つ れんらく

　　1. ちょうど　　2. なので　　3. 出かける　　4. ところ
で

② 今、町を ＿＿＿ ＿＿＿ ＿＿＿ ＿＿＿ ところです。
いま まち

　　1. に　　2. いっぱい　　3. している　　4. 緑で
みどり

光臨，駕臨（尊敬語）　｜行って参ります 我走了　｜いってらっしゃい 路上小心，慢走，好走
い まい

｜お帰りなさい（你）回來了　｜参る 來，去（「行く」、「来る」的謙讓語）；認輸；參拜　｜居る
かえ まい お

在，存在；有（「いる」的謙讓語）

31 行為の開始と終了等（２）
／行為的開始與結束等（２）

◆ はじめる ／開始…

→ 接続方法：{動詞ます形} ＋はじめる

【起點】────────────────────────────

（1）息子が帰ってこないので、父親は心配しはじめた。
由於兒子沒回來，父親開始擔心起來了。

（2）台風が来て、風が吹きはじめた。
颱風來了，開始刮起風了。

（3）ベルが鳴りはじめたら、書くのをやめてください。
鈴聲一響起，就請停筆。

（4）毎日 10 時になると、熱心に勉強しはじめる。
每天 10 點一到，便開始專心唸書。

◆ だす ／…起來、開始…

→ 接続方法：{動詞ます形} ＋だす

【起點】────────────────────────────

（1）明日は休みだということを思い出した。
我想起了明天是放假天。

（2）先生の話を聞いて、泣き出しそうになった。
聽了老師的話，我已熱淚盈眶。

單字及補充

| お子さん 您孩子，令郎，令媛 | 息子さん（尊稱他人的）令郎 | 娘さん 您女兒，令媛 | お嬢さん 您女兒，令媛；小姐；千金小姐 | 心配 擔心，操心 | ベル【bell】鈴聲 | 鳴る 響，叫 | 熱心 專注，熱衷；熱心；熱衷；熱情 | 明日 明天 | 今度 這次；下次；以後 | 再来週 下下星期 | 再来月 下下

（3）出掛けようと思ったら、雨が降り出した。
　　　で か　　　　　おも　　　　　　あめ ふ だ
正想出門，就下起雨來了。

（4）子どもが飛び出してきたので、急ブレーキを踏みました。
　　　こ　　　と だ　　　　　　　　きゅう　　　　　　ふ
有小孩子衝了出來，所以立刻踩了煞車。

練習

Ⅰ [a,b] の中から正しいものを選んで、○をつけなさい。
　　　　　　なか　　　　ただ　　　　　　　えら

① 子どもの口の周りにチョコがついていたのを見て、皆が一緒に笑い　（a. 出した
　　こ　　　くち まわ　　　　　　　　　　　　　　　　み　みんな いっしょ わら　　　　　　だ
　b. 始めた）。
　　はじ

② 先月からネコを　（a. 飼う　　b. 飼い）　始めました。
　せんげつ　　　　　　　　　か　　　　　　か　 はじ

③ 突然、大きな犬が飛び　（a. 出して　　b. でて）　きて驚きました。
　とつぜん おお　　いぬ と　　　　　だ　　　　　　　　　　　　　　おどろ

④ 今年もインフルエンザになる人が増え　（a. きました　　b. 始めました）。
　ことし　　　　　　　　　　　　　　ひと ふ　　　　　　　　　　　　　　　はじ

⑤ 写真を見ると、幼い頃を思い　（a. 始まります　　b. 出します）。
　しゃしん み　　　　おさな ころ おも　　　　　はじ　　　　　　　　だ

Ⅱ 下の文を正しい文に並べ替えなさい。＿＿＿＿に数字を書きなさい。
　した ぶん ただ　ぶん なら か　　　　　　　　　すうじ か

① このお菓子、＿＿＿　＿＿＿　＿＿＿　＿＿＿　止まらなくなる。
　　　　か し　　　　　　　　　　　　　　　　　　と

　1. 始める　　2. 1度　　3. 食べ　　4. と
　　　はじ　　　　　　ど　　　　　た

② その言葉を聞いて、＿＿＿　＿＿＿　＿＿＿　＿＿＿　出した。
　　　ことば き　　　　　　　　　　　　　　　　　　　だ

　1. わっと　　2. 泣き　　3. は　　4. 彼女
　　　　　　　　　な　　　　　　　　　かのじょ

32 行為の開始と終了等（３） Track 32
／行為的開始與結束等（３）

◆ てしまう ／(1)…完；(2)…了

→ 接続方法：{動詞て形} ＋しまう

【完成】

(1) 昔のことは忘れてしまった。
むかし　　　　　　わす
以前的事我都忘了。

(2) 彼は車がここにないから、きっと行ってしまったのでしょう。
かれ　くるま　　　　　　　　　　　　い
他的車不在這裡，一定是離開了。

【感慨】

(1) 僕は今日、失敗してしまった。
ぼく　きょう　しっぱい
我今天把事情搞砸了。

(2) イヤリングを一つ落としちゃった。（口語）
ひと　お
一邊的耳環掉了。

◆ おわる ／結束、完了、…完

→ 接続方法：{動詞ます形} ＋おわる

【終點】

(1) みんな、ほとんど食べ終わりました。
た　お
大家幾乎用完餐了。

(2) この本は、もうすぐ読み終わります。
ほん　　　　　　　　よ　お
這本書馬上就要看完了。

單字及補充

| 昔 以前
むかし　｜ 夕べ 昨晩；傍晚
ゆう　｜ 今夜 今晚
こんや　｜ さっき 剛剛，剛才 ｜ 最近 最近
さいきん　｜ この間
あいだ
最近；前幾天　｜ 此の頃 最近
こ　ごろ　｜ イヤリング【earring】 耳環　｜ アクセサリー【accessary】 飾品，裝飾品；零件　｜ 指輪 戒指
ゆびわ　｜ 手袋 手套
てぶくろ　｜ 糸 線；（三弦琴的）弦；魚線；線狀
いと　｜ 毛 羊毛，
け

68

(3) 運動し終わったら、道具を片づけてください。

運動完以後，請將道具收拾好。

(4) 上手な文章ではありませんが、なんとか書き終わったところです。

我的文章程度沒有很好，但總算是完成了。

練習

Ⅰ [a,b] の中から正しいものを選んで、○をつけなさい。

① 明日までに宿題を （a. やって　　b. やり）　しまうのは無理です。

② 私の好きなパンは売れて （a. おいた　　b. しまった）　そうです。

③ （a. 飲み　　b. 飲んで）　終わったら、コップを下げます。

④ ごめん、君のワインを間違えて （a. 飲んでしまう　　b. 飲んじゃった）。

⑤ 勉強し （a. 続けた　　b. 終わった）　ので、車でドライブでもしますか。

Ⅱ 下の文を正しい文に並べ替えなさい。＿＿＿＿ に数字を書きなさい。

① 電車に ＿＿＿＿ ＿＿＿＿ ＿＿＿＿ ＿＿＿＿ ました。

　　1. を　　　2. 忘れ物　　3. しまい　　4. して

② 3時間をかけて、やっと ＿＿＿＿ ＿＿＿＿ ＿＿＿＿ ＿＿＿＿ ました。

　　1. 部屋を　　2. 終わり　　3. し　　4. 掃除

毛線，毛織物　┃ソフト【soft】柔軟；溫柔；軟體　┃殆ど 大部份；幾乎　┃すっかり 完全，全部　┃ちっとも 一點也不…　┃程 …的程度；限度；越…越…　┃付ける 裝上，附上；塗上　┃片付ける 收拾，打掃；解決

33 行為の開始と終了等（４）
／行為的開始與結束等（４）

◆ **ておく**　／(1)…著；(2) 先…、暫且…

→ 接續方法：{動詞て形｝＋おく

【結果持續】──────────────────────

(1) テレビを消さないで、そのまま付けておいてください。
電視不要關，請就這樣開著。

【準備】──────────────────────

(1) 大事なことは必ずメモしておきましょう。
重要的事一定要寫下來喔！

(2) 一つ一つ丁寧にチェックしておきましょう。
請一個個先仔細檢查吧！

◆ **つづける**　／(1) 連續…、繼續…；(2) 持續…

→ 接續方法：{動詞ます形｝＋つづける

【繼續】──────────────────────

(1) 明日は１日中雨が降り続けるでしょう。
明日應是整天持續下著雨吧。

(2) 石の下を川は流れ続けている。
河水穿過石下奔流不息。

【意圖行為的開始及結束】──────────────────────

(1) 何があっても僕は努力し続けると決めたんです。
我已下定決心，不管發生什麼事都要努力不懈。

單字及補充

| 消す 熄掉，撲滅；關掉，弄滅；消失，抹去 | チェック【check】檢查 | 石 石頭，岩石；(猜拳) 石頭，結石；鑽石；堅硬 | 砂 沙 | ガラス【(荷) glas】玻璃 | 割れる 破掉，破裂；分裂；暴露；整除 | 続く 繼續；接連；跟著 | 続ける 持續，繼續；接著 | 気持ち 心情；感覺；身體狀況

◆ まま ／…著

→ 接續方法：{名詞の；形容詞辭書形；形容動詞詞幹な；動詞過去式} ＋
まま

【附帶狀況】

(1) 暗い気持ちのまま帰ってきた。
　　くら　きも　　　　かえ
　　心情鬱悶地回來了。

(2) 経験がないまま、この仕事をしている。
　　けいけん　　　　　　　しごと
　　我在沒有經驗的情況下，從事這份工作。

(3) 靴下をはいたまま、寝てしまいました。
　　くつした　　　　　　ね
　　腳上還穿著襪子就睡著了。

練習

I [a,b] の中から正しいものを選んで、○をつけなさい。
　　　　　なか　　　　　ただ　　　　　えら

① 靴も　（a. はかない　　b. はく）　まま、走りだした。
　　くつ　　　　　　　　　　　　　　　　　　　　はし

② 父からもらったペンをいつまでも使い　（a. 出したい　　b. 続けたい）　です。
　　ちち　　　　　　　　　　　　　　つか　　　　　　だ　　　　　　　つづ

③ 料理を冷蔵庫に保存して　（a. おきます　　b. いきます）。
　　りょうり　れいぞうこ　ほぞん

④ 日本の家では靴を　（a. 履く　　b. 履いた）　まま入ってはいけません。
　　にほん　いえ　　くつ　　　　は　　　　　は　　　　　　はい

⑤ 学校を卒業しても、いろんな本で勉強し　（a. ておく　　b. 続ける）　つもりです。
　　がっこう　そつぎょう　　　　　　ほん　べんきょう　　　　　　　　　　つづ

II 下の文を正しい文に並べ替えなさい。＿＿＿＿＿に数字を書きなさい。
　　　した　ぶん　ただ　　ぶん　なら　か　　　　　　　　　　すうじ　か

① 暑いから、＿＿＿＿　＿＿＿＿　＿＿＿＿　＿＿＿＿。
　　あつ

　　1. ください　　2. 窓を　　3. 開けて　　4. おいて
　　　　　　　　　　　　まど　　　　あ

② 将来の夢　＿＿＿＿　＿＿＿＿　＿＿＿＿　＿＿＿＿　くださいね。
　　しょうらい　ゆめ

　　1. 走り　　2. の　　3. ために　　4. 続けて
　　　　はし　　　　　　　　　　　　　　つづ

| 心 內心；心情　| 気 氣，氣息；心思；意識；性質　| 気分 情緒；氣氛；身體狀況　| 経験 經驗，
| こころ | き | きぶん | けいけん
經歷　| まま 如實，照舊，…就…；隨意

34 理由、目的と並列（1）
／理由、目的及並列（1）

◆ ため（に）　／（1）以…為目的，做…、為了…；（2）因為…所以…

→ 接續方法：(1)｛名詞の；動詞辭書形｝＋ため（に）
　　　　　　　(2)｛名詞の；[動詞・形容詞]普通形；形容動詞詞幹な｝＋ために

【目的】

（1）孫のために簡単な木の玩具を作ってやった。
　　　まご　　　　かんたん　き　おもちゃ　つく
　　　給孫子做了簡單的木製玩具。

（2）島に行くためには、船に乗らなければなりません。
　　　しま　い　　　　　　ふね　の
　　　要前往小島，就得搭船。

【理由】

（1）途中で事故があったために、遅くなりました。
　　　とちゅう　じこ　　　　　　　おそ
　　　因路上發生事故，所以遲到了。

（2）雨のために、濡れてしまいました。
　　　あめ　　　　　ぬ
　　　因為下雨而被雨淋濕了。

◆ のに　／用於…、為了…

→ 接續方法：｛動詞辭書形｝＋のに；｛名詞｝＋に

【目的】

（1）家を建てるのに、3億円も使いました。
　　　いえ　た　　　　　　おくえん　つか
　　　蓋房子竟用掉了3億圓。

單字及補充

┃簡単 簡單；輕易；簡便　┃玩具 玩具　┃作る 做，造；創造；寫，創作　┃島 島嶼　┃乗る
　かんたん　　　　　　　　　おもちゃ　　　　つく　　　　　　　　　　　　　　　しま　　　　の
騎乘，坐；登上　┃途中 半路上，中途；半途　┃事故 意外，事故　┃濡れる 淋濕　┃建てる
　　　　　　　　　　とちゅう　　　　　　　　　じこ　　　　　　　　ぬ　　　　　　　た
建造　┃移る 移動；變心；傳染；時光流逝；轉移　┃引っ越す 搬家　┃ビル【building 之略】
　　　　うつ　　　　　　　　　　　　　　　　　　　　ひ　こ

（2）このカバンは旅行へ行くのにちょうどいいです。
　　　　　　　　　　りょこう　い

這個包包正好適合帶去旅行。

（3）このお金は、新しい車を買うのに使います。
　　　　　かね　　あたら　くるま　か　　　つか

這筆錢是為了購買新車而準備的。

（4）N4に合格するには、どれぐらい時間がいりますか。（省略の）
　　　エヌ　ごうかく　　　　　　　　　じかん

若要通過 N4 測驗，需要花多久時間準備呢？

練習

I [a,b] の中から正しいものを選んで、○をつけなさい。
　　　　　なか　　ただ　　　　えら

① ハワイにいくの　（a. を　　b. に）　、いくらかかりますか。

② 地震　（a. のために　　b. だから）　、多くの家が倒された。
　　じしん　　　　　　　　　　　　　　　　　おお　　いえ　たお

③ この本は日本語の勉強をする　（a. のに　　b. に）　便利です。
　　　ほん　にほんご　べんきょう　　　　　　　　　　　べんり

④ 食事をする　（a. ように　　b. ために）　、レストランへ行った。
　　しょくじ　　　　　　　　　　　　　　　　　　　　　い

⑤ 英語ができるのは世界を知る　（a. ために　　b. のに）　便利です。
　　えいご　　　　　せかい　し　　　　　　　　　　　　　　べんり

II 下の文を正しい文に並べ替えなさい。＿＿＿＿ に数字を書きなさい。
　　した　ぶん　ただ　ぶん　なら　か　　　　　　　　　　　　すうじ　か

① ＿＿＿＿　＿＿＿＿　＿＿＿＿　＿＿＿＿、資料が作れない。
　　　　　　　　　　　　　　　　　　　　　　　　　しりょう　つく

　　1. しまった　　2. パソコンが　　3. こわれて　　4. ため

② この店は　＿＿＿＿　＿＿＿＿　＿＿＿＿　＿＿＿＿　かかりました。
　　　みせ

　　1. 取る　　2. のに　　3. 5年　　4. 予約を
　　　と　　　　　　　　　　　ねん　　　よやく

高樓，大廈　｜二階建て 二層建築　｜一般 一般，普通　｜生活 生活　｜不便 不方便　｜泊まる
　　　　　　　　にかいだ　　　　　　　いっぱん　　　　　　　　せいかつ　　　　　　ふべん　　　　　　と
住宿，過夜；(船) 停泊　｜億 億；數量眾多　｜旅行 旅行，旅遊，遊歷　｜新しい 新的；新鮮的；
　　　　　　　　　　　　おく　　　　　　　　　りょこう　　　　　　　　　　あたら
時髦的

35 理由、目的と並列（２）

／理由、目的及並列（２）

◆ ように ／(1) 請…、希望…；(2) 以便…、為了…

→ 接續方法：{動詞辭書形；動詞否定形} ＋ように

【祈求】

（1）この記事を見てくれた子が、みんな試験に合格しますように。
きじ　み　こ　　　　　　　　しけん　ごうかく
希望看到這篇貼文的人，大家都能考試及格。

（2）どうか明日も晴れますように。
あした　は
拜託了，希望明天放晴。

【目的】

（1）明日寝坊しないように早く休んでね。
あした ねぼう　　　　　　　　はや　やす
為了明天不要遲到，今天要早點休息喔！

（2）皆様に楽しんでいただけるように頑張りたいと思います。
みなさま　たの　　　　　　　　　　　　　がんば　　　　おも
我會盡力讓大家都能樂在其中。

◆ ようにする ／(1) 使其…；(2) 爭取做到…；(3) 設法使…

→ 接續方法：{動詞辭書形；動詞否定形} ＋ようにする

【目的】

（1）草を取って、歩きやすいようにした。
くさ　と　　　　　　ある
把草拔掉，以方便走路。

單字及補充

| 祈る 祈禱；祝福 | 試験 試験；考試 | レポート【report】報告 | 講義 講義，上課，大學
いの　　　　　　　　　　　　しけん　　　　　　　　　　　　　　　　　　　　　こうぎ
課程 | 寝坊 睡懶覺，貪睡晚起的人 | 朝寝坊 賴床；愛賴床的人 | 起こす 扶起；叫醒；發生；
　　　　ねぼう　　　　　　　　　　　　　　あさねあさ　　　　　　　　　　　　　　　　　　　　お
引起；翻起 | 起きる（倒著的東西）起來，立起來，坐起來；起床 | 寝る 睡覺，就寢；躺下，臥
　　　　　　　　お　　　　　　　　　　　　　　　　　　　　　　　　　　　　　　　　　　　ね
| 休む 休息，歇息；停歇；睡，就寢；請假，缺勤 | 様（接在身分後面表示尊敬）…先生，…小姐
　やす　　　　　　　　　　　　　　　　　　　　　　　　　　　さま

【意志】──────────────────────

 （1）失敗しても後悔はしないようにしている。
   我努力讓自己就算失敗了也不要後悔。

【習慣】──────────────────────

 （1）毎朝 30 分ジョギングするようにしています。
   我每天早上都會晨跑半小時。

練習

Ⅰ [a,b] の中から正しいものを選んで、○をつけなさい。

① よく　（a. 眠れる　　b. 眠る）　ように、牛乳を飲んだ。

② 棚を作って、本を置ける　（a. ように　　b. ことに）　した。

③ 今年は結婚　（a. できる　　b. できた）　ように。

④ 風邪を　（a. 引けない　　b. 引かない）　ように皆さん気をつけて下さいね。

⑤ 毎日、日記を書くように　（a. しています　　b. なっています）。

Ⅱ 下の文を正しい文に並べ替えなさい。＿＿＿ に数字を書きなさい。

① 山田さんにあとで事務所 ＿＿＿ ＿＿＿ ＿＿＿ ＿＿＿ ください。

  1. に　　2. 言って　　3. ように　　4. 来る

② 毎日自分で料理 ＿＿＿ ＿＿＿ ＿＿＿ います。

  1. して　　2. 作る　　3. を　　4. ように

──────────────────────────────

| ちゃん（接在朋友或晚輩名字後面表示親暱）小… | 君（接在朋友或晚輩名字後面表示親暱）…君 |

御…（接在跟對方有關的事物、動作的漢字詞前），表示尊敬語、謙讓語　家 …家；家族，家庭；

從事…的人　軒・軒 …間，…家　代 世代；（年齡範圍）…多歳；費用　目 （表順序）第…

頑張る 努力，加油；堅持

36 理由、目的と並列（３）
／理由、目的及並列（３）

◆ し ／(1) 既…又…、不僅…而且…；(2) 因為…

→ 接續方法：{[形容詞・形容動詞・動詞] 普通形} ＋し

【並列】

（1）彼女はとてもきれいだし、また親切だ。
かのじょ　　　　　　　　　　　　　しんせつ
她不但長得如花似玉，待人也是溫和有禮。

（2）このスーパーは店員も親切だし、値段も安いです。
　　　　　　　　てんいん　しんせつ　　　　ねだん　　やす
這間超市不僅店員熱心，價格又便宜。

【理由】

（1）最近は忙しいし、今回は行きません。
さいきん　いそが　　　　こんかい　い
最近因為很忙，這次就不去了。

（2）給料が安いし、仕事を辞めたい。
きゅうりょう　やす　　　しごと　や
因為薪水不高，我想辭職了。

◆ とか ／(1)…等、之類的；(2)…啦…啦、…或…、及…

→ 接續方法：{名詞；[形容詞・形容動詞・動詞] 辭書形} ＋とか＋
　　　　　　{名詞；[形容詞・形容動詞・動詞] 辭書形} ＋とか

【不明確】

（1）日曜日は運動をします。ゴルフとか。
にちよう び　　うんどう
星期天要去運動，打打高爾夫球之類的。

（2）引き出しの中には、いろいろあります。鉛筆とか。
ひ　だ　　なか　　　　　　　　　　　　　えんぴつ
抽屜裡有各式各樣的東西，例如鉛筆等。

單字及補充

| 綺麗 漂亮，好看；整潔，乾淨　| 親切 親切，客氣　| 優しい 溫柔的，體貼的；柔和的；親切的
きれい　　　　　　　　　　　　しんせつ　　　　　　やさ

| 店員 店員　| 値段 價錢　| 特売品 特賣商品，特價商品　| バーゲン【bargain sale 之略】特價，出
てんいん　　　ねだん　　　　とくばいひん　　　　　　　　　　　　　　　

清；特賣　| 経済 經濟　| 貿易 國際貿易　| 品物 物品，東西；貨品　| 輸出 出口　| 中止 中止
　　　　　けいざい　　　ぼうえき　　　　しなもの　　　　　　　　　　ゆしゅつ　　　ちゅうし

【列舉】

(1) 展覧会とか音楽会とかに、よく行きます。
　　展覽會啦、音樂會啦，我經常參加。

(2) 紙に赤とか緑とか、いろいろな色を塗りました。
　　紅的啦、綠的啦，在紙上塗上了各種顏色。

練習

I [a,b] の中から正しいものを選んで、○をつけなさい。

① 田中先生はおもしろい　（a. で　　b. し）　、みんなに親切だ。

② 休みの日はドラマ　（a. とか　　b. と）　映画　（a. とか　　b. と）　を、よく見ます。

③ 頭も痛い　（a. し　　b. が）　、熱もある。

④ 今は仕事もない　（a. や　　b. し）　、お金もない　（a. や　　b. し）　、生活が大変です。

⑤ この服は、10代　（a. し　　b. とか）　20代　（a. とか　　b. し）　の人のために作られました。

II 下の文を正しい文に並べ替えなさい。_____ に数字を書きなさい。

① _____　_____　_____　_____　忙しいし、でも楽しいです。

　　1. し　　2. は　　3. 寒い　　4. クリスマス

② ねる前は、コーヒーとか　_____　_____　_____、_____　飲まないほうがいいです。

　　1. とか　　2. お茶　　3. を　　4. あまり

|盛ん　繁盛，興盛　|上がる　登上；升高，上升；發出（聲音）；（從水中）出來；（事情）完成　|安い　便宜，（價錢）低廉　|高い（價錢）貴；（程度，數量，身材等）高，高的　|引き出し　抽屜　|本棚　書架，書櫃，書櫥　|押し入れ・押入れ（日式的）壁櫥　|布団　被子，床墊

37 条件、順接と逆接（1）
／條件、順接及逆接（1）

◆ たら ／(1)…之後、…的時候；(2) 要是…、如果要是…了、…了的話

→ 接續方法：{［名詞・形容詞・形容動詞・動詞］過去式}＋ら

【契機】

(1) ケーキが焼けたら、お呼びいたします。
蛋糕烤好後我會叫您的。

(2) 20 歳になったら、酒を飲めます。
年滿 20 歳就可以喝酒。

【假定條件】

(1) バスが来なかったら、タクシーで行きます。
假如巴士還不來，就搭計程車去。

◆ たら～た ／原來…、發現…、才知道…

→ 接續方法：{［名詞・形容詞・形容動詞・動詞］過去式}＋ら～た

【確定條件】

(1) 車を運転しようとしたら、鍵がなかった。
正想開車，才發現沒有鑰匙。

(2) 会社を出ようとしたら、課長から呼ばれました。
剛準備離開公司，結果課長把我叫了回去。

(3) 駐車場に行ったら、車がなかった。
一到停車場，發現車子不見了。

單字及補充

| ケーキ【cake】蛋糕　　| サンドイッチ【sandwich】三明治　　| サラダ【salad】沙拉　　| ステーキ【steak】牛排　　| 天ぷら 天婦羅　　| 外食 外食，在外用餐　　| 御馳走 請客；豐盛佳餚　　| おつまみ 下酒菜，小菜　　| 駐車場 停車場　　| スーパー【supermarket 之略】超級市場　　| 売り場

◆ **たところ** ／結果…、果然…

→ 接續方法：{動詞過去式} ＋ところ

【結果】

(1) スーパーに行ったところ、休みだった。

去了一趟超市，結果卻沒開。

(2) 鈴木さんに電話をしたところ、会社を休んでいた。

打電話給鈴木先生，得知他向公司請假了。

(3) テレビをつけたところ、試合は始まっていた。

一打開電視，沒想到比賽已經開始了。

練習

Ⅰ [a,b] の中から正しいものを選んで、○をつけなさい。

① 1度始め　(a. なら　　b. たら)　、最後まで続けろよ。

② 電話しようと　(a. した　　b. する)　ところ、誤って、首相官邸につながった。

③ 会社が　(a. 終わったら　　b. 終わろうと)　、雪が降っていた。

④ 大学を卒業し　(a. ても　　b. たら)　、すぐ働きます。

⑤ 久しぶりに、小学校に行って　(a. みるところ　　b. みたところ)　、大きなビルが建てられているのを見てびっくりした。

Ⅱ 下の文を正しい文に並べ替えなさい。_____ に数字を書きなさい。

① _____ _____ _____ _____ 、友達が待っていた。

　　1. 帰った　　2. 家　　3. ら　　4. に

② _____ _____ _____ _____ 、とてもおいしいことがわかった。

　　1. ところ　　2. 食べて　　3. 納豆を　　4. みた

賣場，出售處；出售好時機　　｜オフ【off】（開關）關；休假；休賽；折扣　　｜レジ【register 之略】

收銀台　　｜工場 工廠　　｜試合 比賽　　｜競争 競爭，競賽

38 条件、順接と逆接（２）

／條件、順接及逆接（２）

◆ と ／(1)一…竟…；(2)一…就

→ 接續方法：{［名詞・形容詞・形容動詞・動詞］普通形（只能用在現在形及否定形）｝＋と

【契機】

（1）駅を出ると、大勢の警察官がいました。
えき で おおぜい けいさつかん
一走出車站，赫然看見了大批警力。

【條件】

（1）ここに通帳を入れると、通帳記入できます。
つうちょう い つうちょう きにゅう
只要把存摺從這裡放進去，就可以補登錄存摺了。

（2）このボタンを押すと、玩具が出ます。
お おもちゃ で
只要按下這個按鈕，就會有玩具掉出來。

◆ ば ／(1)假如…的話；(2)假如…、如果…就…；(3)如果…的話

→ 接續方法：{［形容詞・動詞］假定形；［名詞・形容動詞］假定形｝＋ば

【限制】

（1）私はもしあなたの時間が合えば会いたいです。
わたし じかん あ あ
如果你時間上方便，我想跟你見個面。

【條件】

（1）急げば次の電車に間に合います。
いそ つぎ でんしゃ ま あ
動作快一點的話，還來得及搭下一班電車。

單字及補充

| 警官 警察；巡警 | 警察 警察；警察局 | 通帳記入 補登錄存摺 | 暗証番号 密碼 | キャッシュ
けいかん けいさつ つうちょう きにゅう あんしょうばんごう
カード【cash card】金融卡，提款卡 | クレジットカード【credit card】信用卡 | 公共料金 公共
こうきょうりょうきん
費用 | 請求書 帳單，繳費單 | 産業 産業 | 割合 比，比例 | 仕送り 匯寄生活費或學費
せいきゅうしょ さんぎょう わりあい しおく
| 生産 生産 | 若し 如果，假如 | 急ぐ 快，急忙，趕緊 | 間に合う 來得及，趕得上；夠用
せいさん も いそ ま あ
| 歯医者 牙醫 | 看護師 護理師，護士
はいしゃ かんごし

【一般條件】

(1) 雨が降れば傘をさす。
下雨的話就撐傘。

◆ **なら** ／如果…就…；…的話；要是…的話

→ 接續方法：{名詞；形容動詞詞幹；[動詞・形容詞]辭書形} ＋なら

【條件】

(1) 歯が痛いなら、歯医者に行けよ。
如果牙痛，就去看牙醫啊！

(2) 子どもの服なら、やはり大きいほうを買います。
如果是小孩的衣服，我還是會買比較大的。

(3) 今日忙しいなら、明日でもいいですよ。
如果今天很忙，那明天也可以喔！

練習

I [a,b] の中から正しいものを選んで、○をつけなさい。

① 中国料理 （a. なら　 b. たら）、あの店がいちばんおいしい。

② 大雪が （a. ふれば　 b. ふっなら）、電車はおくれる。

③ 彼は部屋に （a. 入れば　 b. 入ると）窓を開けた。

④ うちに （a. 着くなら　 b. 着くと）、雨が降りだした。

⑤ 1万円 （a. あたら　 b. あれば）、足りるはずだ。

II 下の文を正しい文に並べ替えなさい。_____ に数字を書きなさい。

① _____ _____ _____ _____、運動会は休みです。

　　1. 雨　 2. 明日　 3. 降れば　 4. が

② _____ _____ _____ _____ と、左手に駐車場が見えます。

　　1. から　 2. 行く　 3. ここ　 4. まっすぐ

39 条件、順接と逆接（3）

Track 39

／條件、順接及逆接（3）

◆ ても、でも ／即使…也

→ 接続方法：{形容詞く形} ＋ても；{動詞て形} ＋も；{名詞；形容動詞詞幹} ＋でも

【仮定逆接】

（1）おじいさんは年をとっても、少年のような目をしていた。
爺爺即使上了年紀，眼神依然如少年一般純真。

（2）失敗しても、恥ずかしいと思うな。
即使失敗了也不用覺得丟臉。

（3）気分が悪くても、会社を休みません。
即使身體不舒服，也不向公司請假。

◆ けれど（も）、けど ／雖然、可是、但…

→ 接続方法：{［名詞・形容動詞］だ；［形容詞・動詞］普通形・丁寧形｝ ＋ けれど（も）、けど

【逆接】

（1）1時間待ったけれども、友達は来ませんでした。
雖然足足等了一個鐘頭，但朋友還是沒來。

（2）彼は、テニスはうまいけれどゴルフは下手です。
他網球打得很好，但高爾夫球打得很差。

（3）夏の暑さは厳しいけれど、冬は過ごしやすいです。
那裡夏天雖然酷熱難受，但冬天很舒服。

單字及補充

| けれど・けれども 但是 | テニス【tennis】網球 | テニスコート【tennis court】網球場

| 柔道 柔道 | 運動 運動；活動 | 水泳 游泳 | 失敗 失敗 | 駆ける・駆ける 奔跑，快跑

| 滑る 滑（倒）；滑動；（手）滑；不及格，落榜；下跌 | 投げる 丟，抛；摔；提供；投射；放棄

82

◆ のに ／(1) 明明…、卻…、但是…；(2) 雖然…、可是…

→ 接續方法：{[名詞・形容動詞]な；[動詞・形容詞]普通形} ＋のに

【對比】

(1) 姉は静かなのに、妹 はにぎやかだ。
　　姉姉個性沉默寡言，妹妹卻是開朗活潑。

(2) 去年はビールが安かったのに、今年はビールが高くなっている。
　　去年啤酒很便宜，今年卻變得很昂貴。

【逆接】

(1) 勉強したのに、テストは全然よくなりません。
　　明明用功苦讀了，考試卻還是一蹋糊塗。

39 條件、順接及逆接(3)

練習

Ⅰ [a,b] の中から正しいものを選んで、○をつけなさい。

① 彼女はいつも元気 （a. けれど　　b. だけれど）、今日はあまり元気がない。

② クーラーをつけた （a. のに　　b. から）、まだ暑い。

③ そんな事は小学生 （a. たら　　b. でも）知っている。

④ 彼は３時に来ると言った （a. のに　　b. ので）来なかった。

⑤ このコンビニの店員は、若い （a. けれど　　b. それで）親切です。

Ⅱ 下の文を正しい文に並べ替えなさい。_____ に数字を書きなさい。

① _____ _____ _____ _____ も日本に留学します。

　　1. 反対　　2. されて　　3. どんなに　　4. 両親に

② _____ _____ _____ _____、わからなかったのです。

　　1. に　　2. 彼　　3. けれど　　4. 尋ねた

打つ 打撃，打；標記　｜勝つ 贏，勝利；克服　｜負ける 輸；屈服　｜賑やか 熱鬧，繁華；
有説有笑，鬧哄哄　｜全然（接否定）完全不…，一點也不…；非常

40 授受表現（1）

／授受表現（1）

◆ あげる　／給予…、給…

→ 接續方法：{名詞} ＋ {助詞} ＋あげる

【物品受益－給同輩】

（1）タクシーの運転手に、チップをあげた。
　　　給了計程車司機小費。

（2）彼女の誕生日に、絹のスカーフをあげました。
　　　她的生日，我送了絲質的圍巾給她。

（3）私の住所をあげますから、手紙をください。
　　　給你我的地址，請寫信給我。

（4）私は母の日に、花をあげるつもりです。
　　　我計畫在母親節送花。

◆ てあげる　／（為他人）做…

→ 接續方法：{動詞て形} ＋あげる

【行為受益－為同輩】

（1）その点について、説明してあげよう。
　　　關於那一點，我來為你說明吧！

（2）あなたに、いちごのジャムを作ってあげる。
　　　我做草莓果醬給你。

單字及補充

┃タクシー【taxi】計程車　┃運転手 司機　┃誕生日 生日　┃絹 絲　┃ナイロン【nylon】尼龍　┃木綿 棉　┃上げる 給；送；交出；獻出　┃下げる 降低，向下；掛；躲開；整理，收拾　┃無くなる 不見，遺失；用光了　┃取り替える 交換；更換　┃つもり 打算；當作　┃説明 説明

(3) 入院するときは手伝ってあげよう。
にゅういん　　　　　　　てつだ

住院時我來幫你吧。

(4) 上手にできたら、ほめてあげましょう。
じょうず

等到練得完美無缺的時候，請記得稱讚他喔。

練習

I [a,b] の中から正しいものを選んで、○をつけなさい。
なか　　　ただ

① 友達に国の料理を　（a. 作る　　b. 作って）　あげた。
ともだち　くに　りょうり　　　つく　　　　つく

② 私は弟にお金を　（a. あげました　　b. さしあげました）。
わたし　おとうと　かね

③ 旅行に行ったので、みんなにお土産を　（a. くれました　　b. あげました）。
りょこう　い　　　　　　　　　　みやげ

④ 言ってくれたら、いつでも手伝って　（a. あげます　　b. もらいます）。
い　　　　　　　　　　　てつだ

⑤ 私はおじいさんに道を教えて　（a. やりました　　b. あげました）。
わたし　　　　　　みち　おし

II 下の文を正しい文に並べ替えなさい。_____ に数字を書きなさい。
した　ぶん　ただ　ぶん　なら　か　　　　　　　　すうじ　か

① _____　_____　_____　_____　あげたら、とても喜んだ。
よろこ

　　1. ステレオ　　2. 彼　　3. に　　4. を
　　　　　　　　　　かれ

② 電車の中で、_____　_____　_____　_____　あげました。
でんしゃ　なか

　　1. に　　2. お年寄り　　3. 代わって　　4. 席を
　　　　　　　　　としよ　　　　か　　　　せき

| ジャム【jam】果醬 | 塗る 塗抹，塗上 | 入院 住院 | 退院 出院 | 手伝い 幫助；幫手；
ぬ　　　　　　　　　　　　　にゅういん　　　　たいいん　　　　てつだ
幫傭 | 手伝う 幫忙 | 上手（某種技術等）擅長，高明，厲害
てつだ　　　　　じょうず

---

41 授受表現（2）
／授受表現（2）

◆ さしあげる ／給予…、給…

→ 接續方法：{名詞} ＋ {助詞} ＋さしあげる

【物品受益－下給上】

（1）彼のご両親に何をさしあげたらいいですか。
該送什麼禮物給男友的父母才好呢？

（2）卒業式の後で、校長先生にお花をさしあげたいです。
我想在畢業典禮結束後給校長獻花。

（3）私は毎年先生にクリスマスカードをさしあげます。
我每年都送耶誕卡片給老師。

（4）母は部長にお土産をさしあげた。
母親買了土產送給部長。

◆ てさしあげる ／（為他人）做…

→ 接續方法：{動詞て形} ＋さしあげる

【行為受益－下為上】

（1）お客様にお茶をいれてさしあげてください。
請為貴賓奉上茶。

（2）皆様に、丁寧に説明してさしあげてください。
請為大家詳細說明。

單字及補充

卒業 畢業	卒業式 畢業典禮	入学 入學	高校生 高中生	大学生 大學生	前期
初期，前期，上半期	後期 後期，下半期，後半期	校長 校長	公務員 公務員	社長
社長	部長 部長	課長 課長，科長	先輩 學姐，學長；老前輩	お土産 當地名產；

(3) パーティーのあと、社長を家まで送ってさしあげました。

酒會結束後，載送社長回到了府宅。

(4) 先生を私の国のいろいろなお寺に、案内してさしあげたいです。

我想為老師導覽故鄉的各處寺院。

練習

Ⅰ [a,b] の中から正しいものを選んで、○をつけなさい。

① お祖母ちゃんに手紙を　(a. 読み　　b. 読んで)　さしあげます。

② 高橋さん、先生のお誕生日、何を　(a. いただき　　b. さしあげ)　ましょう？

③ 伯父さんに靴を買って　(a. さしあげた　　b. あげた)。

④ 部長、手伝って　(a. やり　　b. さしあげ)　ましょうか。

⑤ 私は母にお花を　(a. さしあげ　　b. ください)　ました。

Ⅱ 下の文を正しい文に並べ替えなさい。　_____ に数字を書きなさい。

① 先生に海外　_____　_____　_____　_____　さしあげました。

　　1. 旅行　　2. を　　3. お土産　　4. の

② 父の日に　_____　_____　_____　_____　です。

　　1. つもり　　2. を　　3. 時計　　4. さしあげる

禮物　┃丁寧 客氣；仔細；尊敬　┃細かい 細小；仔細；無微不至　┃国 國家；國土；故鄉　┃色々
各種各樣，各式各樣，形形色色　┃案内 引導；陪同遊覽，帶路；傳達

87

42 授受表現（3）
／授受表現（3）

◆ **やる** ／給予…、給…

→ 接續方法：{名詞} ＋ {助詞} ＋やる

【物品受益－上給下】────────────────

(1) 赤ちゃんにミルクをやる。
　　 あか
　　餵小寶寶喝奶。

(2) 私は弟に自転車をやりました。
　　 わたし　おとうと　じてんしゃ
　　我給了弟弟一輛自行車。

(3) 子どもに小遣いをやりました。
　　 こ　　こづか
　　給了孩子零用錢。

(4) 花に水をやりました。
　　 はな　みず
　　給花澆了水。

◆ **てやる** ／(1)一定…；(2)給…（做…）

→ 接續方法：{動詞て形} ＋やる

【意志】────────────────────

(1) 今年こそ世界を動かしてやるぜ。
　　 ことし　せかい　うご
　　就在今年，我就要帶領世界潮流給你看！

(2) 弟をいい車に載せてやりたい。
　　 おとうと　　　くるま　の
　　有一天我一定要讓弟弟坐上高級轎車！

單字及補充

|遣る 派；給，給予；做　|呉れる 給我　|貰う 收到，拿到　|花 花　|水 水；冷水
　や　　　　　　　　　　　く　　　　　　もら　　　　　　　はな　　　　みず
|兄弟 兄弟；兄弟姊妹；親如兄弟的人　|弟 弟弟（鄭重説法是「弟さん」）　|妹 妹妹（鄭重説
　きょうだい　　　　　　　　　　　　　おとうと　　　　　　　　　　　　　いもうと
法是「妹さん」）　|兄 哥哥，家兄；姐夫　|姉 姊姊，家姉；嫂子　|車 車子的總稱，汽車
　　　　　　　あに　　　　　　　　　　あね　　　　　　　　　　くるま

【行為受益－上為下】

（1）東京にいる息子に、お金を送ってやりました。
とうきょう　　　むすこ　　　　かね　おく
寄了錢給在東京的兒子。

（2）彼が財布をなくしたので、一緒に探してやりました。
かれ　さいふ　　　　　　　　いっしょ　さが
他的錢包不見了，所以一起幫忙尋找。

練習

I [a,b] の中から正しいものを選んで、○をつけなさい。
なか　　ただ　　　　　えら

① 娘に英語を教えて　（a. さしあげました　　b. やりました）。
むすめ　えいご　おし

② サルにお菓子を　（a. やって　　b. くれて）　もいいですか。
かし

③ 今晩中にレポートを全部書いて　（a. 終わる　　b. やる）。
こんばんちゅう　　　　　ぜんぶか　　　　　　お

④ 犬に餌を　（a. あげました　　b. やりました）。
いぬ　えさ

⑤ 僕は弟たちに動物園へ連れて　（a. やりました　　b. もらいました）。
ぼく　おとうと　　どうぶつえん　つ

II 下の文を正しい文に並べ替えなさい。＿＿＿＿に数字を書きなさい。
した　ぶん　ただ　　ぶん　なら　か　　　　　　　　　すうじ　か

① 庭の花　＿＿＿＿　＿＿＿＿　＿＿＿＿　＿＿＿＿　ください。
にわ　はな

　1. 水を　　2. 木に　　3. や　　4. やって
　　みず　　　　　き

② 友達に、数学の問題の　＿＿＿＿　＿＿＿＿　＿＿＿＿　＿＿＿＿　ました。
ともだち　すうがく　もんだい

　1. 答え　　2. やり　　3. 教えて　　4. を
　　こた　　　　　　　　　おし

┃自転車　脚踏車，自行車　┃自動車　車，汽車　┃お金　錢，貨幣　┃財布　錢包　┃ハンド
　じてんしゃ　　　　　　　　　　じどうしゃ　　　　　　かね　　　　　　　さいふ
バッグ【handbag】手提包　┃無くす　弄丟，搞丟　┃落とす　掉下；弄掉　┃落ちる　落下；掉落；
　　　　　　　　　　　　　　　な　　　　　　　　お　　　　　　　　　　お
降低，下降；落選　┃探す・捜す　尋找，找尋
　　　　　　　　　さが　さが

43 授受表現（4）
／授受表現（4）

◆ もらう　／接受…、取得…、從…那兒得到…

→ 接續方法：{名詞} ＋ {助詞} ＋もらう

【物品受益－同輩、晚輩】

(1) 祖母から、合格のお祝いをもらいました。（親近的人）
そ ぼ　　　ごうかく　　　　いわ
奶奶送了賀禮慶祝我通過考試。

(2) 絵で賞をもらって、びっくりしました。
え　　しょう
沒想到我的畫竟得獎了，真是受寵若驚。

(3) 恋人からダイヤの指輪をもらいました。
こいびと　　　　　　　ゆびわ
我收到了情人送的鑽石戒指了。

(4) 単身赴任の夫からメールをもらった。
たんしん ふ にん　おっと
獨自到外地工作的老公，傳了一封電子郵件給我。

◆ てもらう　／（我）請（某人為我做）…

→ 接續方法：{動詞て形} ＋もらう

【行為受益－同輩、晚輩】

(1) 母に髪を切ってもらいました。（親近的人）
はは　かみ　き
母親幫我剪了頭髮。

(2) 子どもを幼稚園に連れて行ってもらいました。
こ　　　　ようちえん　　つ　　い
請他幫我帶小孩去幼稚園了。

單字及補充

お祝い 慶祝，祝福；祝賀禮品	びっくり 驚嚇，吃驚	驚く 驚嚇，吃驚，驚奇	髪 頭髮
毛 頭髮，汗毛	ひげ 鬍鬚	顔 臉，面孔；面子，顏面	首 頸部，脖子；頭部，腦袋
喉 喉嚨	鼻 鼻子	耳 耳朵	口 口，嘴巴	目 眼睛；眼珠，眼球	背・背 身高，身材

(3) そのボールを投げてもらえますか。
可以請你把那個球丢過來嗎？

(4) 文法を説明してもらいたいです。
　　ぶんぽう　せつめい
想請你説明一下文法。

練習

I [a,b] の中から正しいものを選んで、○をつけなさい。
　　　なか　　　ただ

① 太田さんに仕事を紹介　(a. して　　b. し)　もらいました。
　　おおた　　しごと　しょうかい

② 妹は友達にお菓子を　(a. くれた　　b. もらった)。
　　いもうと　ともだち　かし

③ 妻に汚れたシャツを洗って　(a. もらった　　b. いただいた)。
　　つま　よご　　　　あら

④ 誕生日に何を　(a. くれ　　b. もらい)　たいですか。
　　たんじょうび　なに

⑤ 私は友達に葉書を　(a. もらい　　b. しまい)　ました。
　　わたし　ともだち　はがき

II 下の文を正しい文に並べ替えなさい。＿＿＿＿に数字を書きなさい。
　　した　ぶん　ただ　ぶん　なら　か　　　　　　　すうじ　か

① 中田さんは　＿＿＿＿　＿＿＿＿　＿＿＿＿　＿＿＿＿　もらった。
　　なかた

　　1. に　　2. 村山さん　　3. 服　　4. を
　　　　　　　　むらやま　　　　ふく

② ＿＿＿＿　＿＿＿＿　＿＿＿＿　＿＿＿＿　もらいました。

　　1. 汚れた　　2. を　　3. シャツ　　4. 洗って
　　　　よご　　　　　　　　　　　　　あら

背中 背部	腕 胳臂；本領；托架，扶手	手 手，手掌；胳膊	指 手指	爪 指甲
せなか	うで	て	ゆび	つめ
足 腳；（器物的）腿	血 血；血緣	おなら 屁	格好・恰好 外表，裝扮	文法 文法
あし	ち		かっこう かっこう	ぶんぽう

44 授受表現（5）

／授受表現（5）

◆ いただく　／承蒙…、拜領…

→ 接續方法：｛名詞｝ ＋ ｛助詞｝ ＋いただく

【物品受益－上給下】

(1) 隣のうちから、葡萄をいただきました。
　　　となり　　　　　ぶどう
　　隔壁的鄰居送我葡萄。

(2) 木村さんから自転車をいただく予定です。
　　　きむら　　　　じてんしゃ　　　　　　よてい
　　我預定要接收木村先生的腳踏車。

(3) よろしければ、お茶をいただきたいのですが。
　　　　　　　　　　　ちゃ
　　如果可以的話，我想喝杯茶。

(4) 小森部長から旅行のかばんをいただきました。
　　　こもりぶちょう　　りょこう
　　小森經理送了我旅行袋。

◆ ていただく　／承蒙…

→ 接續方法：｛動詞て形｝ ＋いただく

【行為受益－上為下】

(1) 都合がいいときに、来ていただきたいです。
　　　つごう　　　　　　　き
　　時間方便的時候，希望能來一下。

(2) 展覧会を拝見させていただきます。
　　　てんらんかい　はいけん
　　容我拜賞展出的大作。

單字及補充

| 隣 鄰居，鄰家；隔壁，旁邊；鄰近，附近 | 葡萄 葡萄 | お茶 茶，茶葉（「茶」的鄭重說法）；茶道
となり　　　　　　　　　　　　　　　　　　　ぶどう　　　　　　　ちゃ

| 宜しい 好，可以 | 展覧会 展覽會 | 会 …會，會議 | 式 儀式，典禮；…典禮；方式；樣式；算式，
よろ　　　　　　　てんらんかい　　　　　かい　　　　　　　しき
公式 | 番組 節目 | 男性 男性 | 女性 女性 | スーツケース【suitcase】手提旅行箱 | 箱
　　　ばんぐみ　　　　だんせい　　　　じょせい　　　　　　　　　　　　　　　　　　　　　　はこ

（3）大学の先生に、法律について講義をしていただきました。
　　請大學老師幫我上了法律課。

（4）親切な男性に、スーツケースを持っていただきました。
　　有位親切的男士，幫我拿了旅行箱。

練習

Ⅰ [a,b] の中から正しいものを選んで、○をつけなさい。

① 来週先輩に大学を　（a. 案内して　　b. 案内）　いただきます。

② 社長に　（a. いただいた　　b. くれた）　傘を、電車に忘れてしまった。

③ 先生に校舎のご案内をして　（a. ください　　b. いただき）　ました。

④ 先生の奥様からすてきなセーターを　（a. さしあげ　　b. いただき）　ました。

⑤ 私は先生にきれいな絵葉書を　（a. いただきました　　b. もらいました）。

Ⅱ 下の文を正しい文に並べ替えなさい。　_____ に数字を書きなさい。

① 政治家を運動会に招待したら、_____　_____　_____　_____　いただきました。

　　1. に　　2. 弁当　　3. を　　4. 昼食時

② 私は先生　_____　_____　_____　_____　ました。

　　1. いただき　　2. レポートを　　3. 直して　　4. に

盒子，箱子，匣子　|鏡 鏡子　|棚 架子，棚架　|頂く・戴く 領受；領取；吃，喝；頂　|下さる 給，給予（「くれる」的尊敬語）　|差し上げる 給（「あげる」的謙讓語）　|召し上がる 吃，喝（「食べる」、「飲む」的尊敬語）　|伺う 拜訪；請教，打聽（謙讓語）　|おっしゃる 説，講，叫

---

45 授受表現（6）

／授受表現（6）

◆ くれる ／給…

→ 接續方法：{名詞} ＋ {助詞} ＋くれる

【物品受益－同輩、晚輩】────────────

(1) 父が私の誕生日に時計をくれました。（親近的人）
爸爸在我生日時送了我手錶。

(2) 彼が来ない場合は、電話をくれるはずだ。
他不來的時候，應該會給我打電話的。

(3) この贈り物をくれたのは、誰ですか。
這禮物是誰送我的？

(4) 近所の人が、りんごをくれました。
鄰居送了我蘋果。

◆ てくれる ／（為我）做…

→ 接續方法：{動詞て形} ＋くれる

【行為受益－同輩、晚輩】────────────

(1) 川田さんはお金持ちだから、きっと貸してくれるよ。
川田先生很富有，一定會借錢給我們的。

(2) 週に１度、ヘルパーさんが部屋の掃除をしてくれます。
家務助理每週來打掃房間一次。

單字及補充

時計 鐘錶，手錶	場合 時候；狀況，情形	電話 電話；打電話	贈り物 贈品，禮物
近所 附近；鄰居	お宅 您府上，貴府；宅男（女），對於某事物過度熱忠者		住所 地址
留守 不在家；看家	下宿 寄宿，借宿	お金持ち 有錢人	だから 所以，因此	すると

（3）あなたが手伝ってくれたおかげで、仕事が終わりました。

てつだ　　　　　　　　　　　しごと　お

多虧你的幫忙，工作才得以結束。

（4）父は一生懸命働いて、私たちを育ててくれました。（親近的人）

ちち　いっしょうけんめいはたら　　わたし　　　そだ

家父拚了命地工作，把我們這些孩子撫養長大。

練習

I [a,b] の中から正しいものを選んで、○をつけなさい。

なか　　ただ　　　　　　えら

① 子どもたちも、私の作った料理は「おいしい」と　（a. 言って　　b. 言った）

こ　　　　　　わたし　つく　りょうり　　　　　　　　　　い　　　　　　　い
くれました。

② 田中さんは私に本を　（a. やりました　　b. くれました）。

たなか　　　わたし　ほん

③ 林さんは私に自転車を貸して　（a. くれました　　b. さしあげました）。

はやし　　わたし　じてんしゃ　か

④ マリーさんが私に　（a. あげた　　b. くれた）　国のお土産は、コーヒーでした。

わたし　　　　　　　　　　　　　　　　　くに　みやげ

⑤ 先生は熱心に勉強を教えて　（a. くれます　　b. やります）。

せんせい　ねっしん　べんきょう　おし

II 下の文を正しい文に並べ替えなさい。＿＿＿に数字を書きなさい。

した　ぶん　ただ　ぶん　なら　か　　　　　　　　　　すうじ　か

① 祖母は、＿＿＿　＿＿＿　＿＿＿　＿＿＿。

そぼ

　1. を　　2. いつも　　3. くれる　　4. お菓子

　　　　　　　　　　　　　　　　　　　　　　かし

② 父は、私の　＿＿＿　＿＿＿　＿＿＿　＿＿＿　くれました。

ちち　わたし

　1. 願い　　2. して　　3. を　　4. 承知

　　ねが　　　　　　　　　　　　　しょうち

於是；這樣一來　┃それで　後來，那麼　┃それに　而且，再者　┃又は　或者　┃一度　一次，一

　　　　　　　　　　　　　　　　　　　　　　　　　　　　　また　　　　　　いちど
回；一旦　┃度　…次；…度（溫度，角度等單位）　┃ヘルパー【helper】幫傭；看護　┃一生懸命

ど　　　　　　　　　　　　　　　　　　　　　　　　　　　　　　　　　　　　　　　いっしょうけんめい
拼命地，努力地；一心　┃働く　工作，勞動，做工

　　　　　　　　　　　　はたら

46 授受表現（7）
／授受表現（7）

◆ くださる　／給…、贈…

→ 接續方法：｛名詞｝ ＋ ｛助詞｝ ＋くださる

【物品受益－上給下】

（1）あの人は、いつも小さなプレゼントをくださる。
那個人常送我小禮物。

（2）伯母さんが合格祝いをくださいました。
伯母向我道賀通過了考試。

（3）田中さんが、お見舞いに花をくださった。
田中小姐帶花來探望我。

（4）先生はなかなか返信をくださらない。
老師遲遲不回信給我。

◆ てくださる　／（為我）做…

→ 接續方法：｛動詞て形｝ ＋くださる

【行為受益－上為下】

（1）先生は、間違えたところを直してくださいました。
老師幫我訂正了錯誤的地方。

（2）やっと来てくださいましたね。
您終於來了。

單字及補充

┃何時も 經常，隨時，無論何時　┃プレゼント【present】禮物　┃お見舞い 探望，探病　┃お医者さん
醫生　┃注射 打針　┃治る 治癒，痊癒　┃止める 停止　┃折る 摺疊；折斷　┃倒れる 倒下；垮台；
死亡　┃返信 回信，回電　┃受信（郵件、電報等）接收；收聽　┃送信 發送（電子郵件）；（電）發報，播

96

（3）結婚式で、社長が私たちに歌を歌ってくださいました。
　　けっこんしき　　しゃちょう　わたし　　　　うた　うた

在結婚典禮上，社長為我們唱了一首歌。

（4）田中さんが私に昔の日本のことを話してくださった。
　　た なか　　　　わたし むかし　に ほん　　　　　　　はな

田中先生對我講述了日本很久以前的事。

練習

Ⅰ [a,b] の中から正しいものを選んで、○をつけなさい。
　　　　　なか　ただ　　　　　　　えら

① 店長が卒業祝いに本を　（a. あげた　　b. くださった）。
　 てんちょう そつぎょういわ　ほん

② 退院の時、隣のベッドの方がプレゼントを　（a. さしあげた　　b. くださった）。
　 たいいん とき となり　　　　　かた

③ 先生が手紙の書き方を　（a. 教えてくださいました　　b. お教えになりました）。
　 せんせい てがみ　か かた　　　　おし　　　　　　　　　　　　おし

④ 先生がいい作品を　（a. 送ってくださいました　　b. お送りしました）。
　 せんせい　　さくひん　　おく　　　　　　　　　　　　おく

⑤ となりの酒井さんはいつも娘にお菓子を　（a. いただきます　　b. くださいます）。
　　　　　さか い　　　　　　むすめ　か し

Ⅱ 下の文を正しい文に並べ替えなさい。_____ に数字を書きなさい。
　　 した ぶん ただ ぶん なら か　　　　　　　　　すうじ か

① _____ _____ _____、ありがとうございます。

　 1. 贈り物　　2. を　　3. 素敵な　　4. くださって
　　 おく もの　　　　　　　　 すてき

② ありがたいことに４人の _____ _____ _____ _____。
　　　　　　　　　　　　 にん

　 1. ください　　2. 協力して　　3. ました　　4. 女性が
　　　　　　　　　　 きょうりょく　　　　　　　　　　じょせい

送，發射　┃転送 轉送，轉寄，轉遞　┃新規作成 新作，從頭做起；（電腦檔案）開新檔案　┃キャンセル
　　　　　　 てんそう　　　　　　　　　　 しん き さくせい

【cancel】取消，作廢；廢除　┃保存 保存；儲存（電腦檔案）　┃挿入 插入，裝入　┃添付 添上，
　　　　　　　　　　　　　　　 ほ ぞん　　　　　　　　　　　　 そうにゅう　　　　　　 てん ぷ

附上；（電子郵件）附加檔案　┃直す 修理；改正；整理；更改　┃直る 改正；修理；回復；變更
　　　　　　　　　　　　　　 なお　　　　　　　　　　　　　　 なお

47 受身、使役、使役受身と敬語（1）Track 47
／被動、使役、使役被動及敬語（1）

◆（ら）れる ／(1) 在…；(2) 被…；(3) 被…

→ 接續方法：{［一段動詞・力變動詞］被動形} ＋られる；{五段動詞被動形；サ變動詞被動形さ} ＋れる

【客觀說明】

（1）この歌はみんなに知られている。
這首歌舉世聞名。

【間接被動】

（1）私達は登山の途中で雨に降られた。
我們在登山的途中被雨淋濕了。

【直接被動】

（1）子どものころ、弟はよく母に叱られた。
兒時，弟弟總是挨母親的罵。

◆（ら）れる

→ 接續方法：{［一段動詞・力變動詞］被動形} ＋られる；{五段動詞被動形；サ變動詞被動形さ} ＋れる

【尊敬】

（1）もう具合はよくなられましたか。
您身體好些了嗎？

單字及補充

| 降る 落，下，降（雨，雪，霜等） | 子ども 自己的兒女；小孩，孩子，兒童 | 大人 大人，成人 |
| よく 經常，常常 | 母 家母，媽媽，母親 | 叱る 責備，責罵 | 具合（健康等）狀況；方便，合適；方法 | 熱 高溫；熱；發燒 | インフルエンザ【influenza】流行性感冒 | 花粉症 花粉症，因花粉 |

（2）先生がアメリカへ出発されました。

老師已出發前往美國了。

（3）失礼ですが、皆さんはご結婚されていますか。

冒昧問一下，各位都結婚了嗎？

（4）田中部長はしばらく休まれるそうだ。

據說田中部長將暫時告假休息。

練習

I [a,b] の中から正しいものを選んで、○をつけなさい。

① 警察に住所と名前を　（a. 聞かせた　　b. 聞かれた）。

② 電車でだれかに足を　（a. ふまれました　　b. ふられました）。

③ 社長は今朝、（a. 起きられました　　b. お起きくださいます）　か。

④ その試験は 10 月 10 日に　（a. 行されます　　b. 行われます）。

⑤ コロナ時期の七五三について、みなさんどう　（a. なります　　b. されます）　か。

II 下の文を正しい文に並べ替えなさい。＿＿＿＿に数字を書きなさい。

① 彼はみんな　＿＿＿＿　＿＿＿＿　＿＿＿＿　＿＿＿＿　知りたい。

　　1. に　　2. を　　3. 理由　　4. 嫌われた

② ご主人は、＿＿＿＿　＿＿＿＿　＿＿＿＿　＿＿＿＿　ますか。

　　1. され　　2. スポーツ　　3. を　　4. どんな

而引起的過敏鼻炎，結膜炎　┃怪我　受傷；損失，過失　┃失礼　失禮，沒禮貌；失陪　┃紹介　介紹

┃世話　幫忙；照顧，照料　┃関係　關係；影響　┃皆　大家；所有的　┃暫く　暫時，一會兒；好久

┃久しぶり　許久，隔了好久　┃急　急迫；突然；陡　┃急に　突然

---

48 受身、使役、使役受身と敬語（2）Track 48
／被動、使役、使役被動及敬語（2）

◆（さ）せる ／(1) 把…給；(2) 讓…、隨…、請允許…；(3) 讓…、叫…、令…

→ 接續方法：{［一段動詞・カ變動詞］使役形；サ變動詞詞幹} ＋させる；
　　{五段動詞使役形} ＋せる

【誘發】────────────

（1）父はいつも家族みんなを笑わせる。
　　　爸爸總是逗得全家人哈哈大笑。

【許可】────────────

（1）お祭りを見物させてください。
　　　請讓我參觀祭典。

【強制】────────────

（1）風が入ってきて寒いので、友達に窓を閉めさせた。
　　　因風不斷灌入寒冷難耐，我讓友人幫忙關了窗。

◆（さ）せられる ／被迫…、不得已…

→ 接續方法：{動詞使役形} ＋（さ）せられる

【被迫】────────────

（1）私は母に野菜を食べさせられました。
　　　母親強迫我吃青菜。

（2）私は両親に英語を勉強させられました。
　　　父母逼迫我學英文。

單字及補充

| 笑う 笑；譏笑　| 喜ぶ 高興　| ユーモア【humor】幽默，滑稽，詼諧　| 嬉しい 高興，喜悦
| 楽しみ 期待，快樂　| 凄い 厲害，很棒；非常　| うまい 高明，拿手；好吃；巧妙；有好處
| 複雑 複雜　| 邪魔 妨礙，阻擾；拜訪　| 持てる 能拿，能保持；受歡迎，吃香　| 見物 觀光，參觀　| 会場 會場　| 講堂 禮堂

(3) 私は仕事を辞めさせられました。
　　　わたし　しごと　　や
　　我被迫辭職了。

◆ （さ）せてください　　／請允許…、請讓…做…

→ 接続方法：{動詞使役形；サ變動詞詞幹} ＋（さ）せてください

【謙譲－請求允許】

(1) 会場に入る時は、身分証明書を見せてください。
　　かいじょう　はい　とき　　　み　ぶんしょうめいしょ　み
　　進入會場時請出示身分證件。

(2) 用があるので、今日は早く帰らせてください。
　　よう　　　　　　　きょう　はや　かえ
　　因為有要事待辦，今天請讓我早點下班。

(3) この件は彼に任せてください。
　　　けん　かれ　まか
　　這個案子請交給他處理。

練習

I [a,b] の中から正しいものを選んで、○をつけなさい。
　　　　なか　　ただ

① 社長は秘書を早く家へ　（a. 帰らせた　　b. 帰られた）。
　　しゃちょう　ひしょ　はや　いえ　　　　かえ　　　　　　かえ

② 後でこの件についてあなたに相談　（a. もらって　　b. させて）　ください。
　　あと　　　けん　　　　　　　　　そうだん

③ この冷蔵庫はなぜ使いやすいのか、紹介　（a. くれて　　b. させて）　ください。
　　　れいぞうこ　　　つか　　　　　　しょうかい

④ その知らせは彼をいっそう　（a. 怒った　　b. 怒らせた）。
　　　し　　　　かれ　　　　　　おこ　　　　　おこ

⑤ 私は1日中雨の中を　（a. 歩かれ　　b. 歩かせられ）　ました。
　　わたし　にちじゅうあめ　なか　　　ある　　　　　ある

II 下の文を正しい文に並べ替えなさい。＿＿＿＿＿に数字を書きなさい。
　　した　ぶん　ただ　ぶん　なら　か　　　　　　　　　　　すうじ　か

① 彼女は息子に医者　＿＿＿＿＿　＿＿＿＿＿　＿＿＿＿＿　＿＿＿＿＿。
　　かのじょ　むすこ　いしゃ

　　1. に　　2. 行かせた　　3. 呼び　　4. を
　　　　　　　　い　　　　　　　よ

② アルバイトをしている店で、店長に　＿＿＿＿＿　＿＿＿＿＿　＿＿＿＿＿　＿＿＿＿＿　られました。
　　　　　　　　　　　　みせ　　てんちょう

　　1. 使い方　　2. 覚えさせ　　3. を　　4. 言葉の
　　　　つか　かた　　　おぼ　　　　　　　　　　ことば

101

49 受身、使役、使役受身と敬語（3）Track 49

／被動、使役、使役被動及敬語（3）

◆ お〜する、ご〜する ／我為您（們）做…

→ 接續方法：お＋｛動詞ます形｝＋する；ご＋｛サ變動詞詞幹｝＋する

【謙讓】────────────────────

(1) コートをお預かりします。
外套請交給我幫您掛起。

(2) この話の続きは、次回お話しします。
欲知後事如何，且待下回分解。

(3) すぐにご送信しますね。
我馬上為您寄出郵件喔！

◆ お〜になる、ご〜になる

→ 接續方法：お＋｛動詞ます形｝＋になる；ご＋｛サ變動詞詞幹｝＋になる

【尊敬】────────────────────

(1) 明日のパーティーに、社長はおいでになりますか。
明天的派對，社長會蒞臨嗎？

(2) 将来は、立派な人におなりになるだろう。
將來他會成為了不起的人吧！

(3) ここから、富士山をご観覧になることができます。
從這裡可以看到富士山。

單字及補充

┃直ぐに 馬上 ┃唯今・只今 現在；馬上，剛才；我回來了 ┃行う・行なう 舉行，舉辦；修行
┃連絡 聯繫，聯絡；通知 ┃送る 寄送；派；送行；度過；標上（假名）┃知らせる 通知，讓對
方知道 ┃伝える 傳達，轉告；傳導 ┃尋ねる 問，打聽；詢問 ┃よくいらっしゃいました

◆ お～いたす、ご～いたす ／我為您（們）做…

→ 接續方法：お＋｛動詞ます形｝＋いたす；ご＋｛サ變動詞詞幹｝＋いたす

【謙讓】

(1) お客様以外の駐車はお断りいたします。
非本店顧客，請勿停車。

(2) 台風のため、大会を開くかどうか、明日ご連絡致します。
受颱風影響，大會是否如期舉行將於明日通知。

(3) いらっしゃいませ。お席にご案内いたします。
歡迎光臨，我為您帶位。

練習

Ｉ [a,b] の中から正しいものを選んで、○をつけなさい。

① 今回私が「恋愛」についてお話し　（a. なさいます　　b. いたします）　ね。

② その件について、私がご説明　（a. します　　b. になります）。

③ お客様がお越しに　（a. なられました　　b. なりました）。

④ 部長は、あすの会議にご出席に　（a. します　　b. なります）　か。

⑤ お年玉付き年賀葉書は当社でご用意　（a. いたします　　b. になります）。

Ⅱ 下の文を正しい文に並べ替えなさい。＿＿＿に数字を書きなさい。

① 10分後　＿＿＿　＿＿＿　＿＿＿　＿＿＿。

　1. に　　2. 折り返し　　3. します　　4. お電話

② 詳細の住所は　＿＿＿　＿＿＿　＿＿＿　＿＿＿　いたします。

　1. 伝え　　2. 予約後　　3. お　　4. ご

歓迎光臨　┃ようこそ 歓迎　┃ご覧になる 看，閱讀（尊敬語）　┃なさる 做（「する」的尊敬語）　┃致す（「する」的謙恭説法）做，辦；致；有…，感覺…　┃申す 説，叫（「言う」的謙讓語）　┃申し上げる 説（「言う」的謙讓語）

---

50 受身、使役、使役受身と敬語（4）
／被動、使役、使役被動及敬語（4）

◆ 名詞＋でございます ／是…

→ 接續方法：{名詞} ＋でございます

【斷定】

(1) 山田はただいま接客中でございます。
山田正在和客人會談。

(2) こちらが、会社の事務所でございます。
這裡是公司的辦公室。

(3) 車は向こうにございます。（あります的鄭重用法）
車子在對面。

◆ お＋名詞、ご＋名詞 ／您…、貴…

→ 接續方法：お＋ {名詞}；ご＋ {名詞}

【尊敬】

(1) お名前を聞いてもいいですか。
可以告訴我您的名字嗎？

(2) 警察官とはどういったお仕事ですか。
請問警察的工作是什麼呢？

(3) ご病気その後いかがでしょうか。心からお見舞い申しあげます。

在那之後您的病情還好嗎？在此致上我由衷的問候。

單字及補充

| 事務所 辦公室　| 会議室 會議室　| 会議 會議　| 受付 詢問處；受理；接待員　| ございます 是，在（「ある」、「あります」的鄭重説法表示尊敬）　| でございます 是（「だ」、「です」、「である」的鄭重説法）　| 暖房 暖氣　| 冷房 冷氣　| 火 火　| ガスコンロ【（荷）gas＋焜炉】瓦斯爐，

◆ お〜ください、ご〜ください /請…

→ 接續方法：お＋｛動詞ます形｝＋ください；ご＋｛サ變動詞詞幹｝＋
　　　　　ください

【尊敬】

(1) ここで、しばらくお待ちください。

請在這裡稍待一下。

(2) 寒いときは、遠慮なくストーブをお点けくださいね。

您覺得冷的時候請開啟暖爐，別客氣喔。

(3) 留学生の皆様は是非ご参加ください。

敬請各位留學生們踴躍參加。

練習

Ⅰ [a,b] の中から正しいものを選んで、○をつけなさい。

① パソコンは１階の部屋　（a. いたしてございます　　b. にございます）。

② どうぞ皆さんお　（a. 掛け　　b. 座り）　ください。

③ これが私たちの会社の新製品　（a. でいらっしゃいます　　b. でございます）。

④ 企画の説明はこちらを　（a. ご覧になられる　　b. ご覧ください）。

⑤ こちらで確認してから、後ほどご連絡　（a. なさいます　　b. いたします）。

Ⅱ 下の文を正しい文に並べ替えなさい。＿＿＿＿に数字を書きなさい。

① こちらは　＿＿＿＿　＿＿＿＿　＿＿＿＿　＿＿＿＿　ございます。

　　1. ワイン　　2. 高級な　　3. たいへん　　4. で

② できるだけ　＿＿＿＿　＿＿＿＿　＿＿＿＿　＿＿＿＿　ください。

　　1. の　　2. 多く　　3. お集め　　4. 学生を

煤氣爐　｜乾燥機 乾燥機，烘乾機　｜コインランドリー【coin-operated laundry 之略】自助洗衣店
｜点ける 打開（家電類）；點燃　｜点く 點上，（火）點著　｜是非 務必；好與壞

第 1 回

I ① b. ② a. ③ a. ④ b.

II ① 1432 ② 3124

第 2 回

I ① a. ② b. ③ a. ④ a. ⑤ b.

II ① 2413 ② 1432

第 3 回

I ① b. ② a. ③ a. ④ b. ⑤ a.

II ① 4231 ② 3412

第 4 回

I ① b. ② a. ③ b. ④ a. ⑤ b.

II ① 4213 ② 2431

第 5 回

I ① b. ② a. ③ b. ④ b.

II ① 3421 ② 1432

第 6 回

I ① b. ② b. ③ a. ④ b.

II ① 2431 ② 3421

第 7 回

I ① a. ② b. ③ a. ④ a.

II ① 4132 ② 4231

第 8 回

I ① a. ② a. ③ b. ④ a. ⑤ a.

II ① 2143 ② 4132

第 9 回

I ① a. ② a. ③ b. ④ a. ⑤ b.

II ① 1342 ② 3124

第 10 回

I ① a. ② a. ③ b. ④ a. ⑤ b.

II ① 4321 ② 2431

第 11 回

Ⅰ ① b. ② a. ③ b. ④ b. ⑤ b.

Ⅱ ① 4312 ② 2134

第 12 回

Ⅰ ① a. ② b. ③ a. ④ b. ⑤ a.

Ⅱ ① 3421 ② 3142

第 13 回

Ⅰ ① b. ② b. ③ a. ④ a. ⑤ a.

Ⅱ ① 2431 ② 1432

第 14 回

Ⅰ ① a. ② a. ③ b. ④ b. ⑤ a.

Ⅱ ① 3241 ② 1432

第 15 回

Ⅰ ① a. ② a. ③ b. ④ b. ⑤ b.

Ⅱ ① 4213 ② 2413

第 16 回

Ⅰ ① b. ② b. ③ a. ④ a. ⑤ b.

Ⅱ ① 3214 ② 4213

第 17 回

Ⅰ ① a. ② a. ③ b. ④ b. ⑤ a.

Ⅱ ① 2431 ② 2134

第 18 回

Ⅰ ① a. ② a. ③ b. ④ a. ⑤ b.

Ⅱ ① 3214 ② 1423

第 19 回

Ⅰ ① b. ② b. ③ b. ④ b. ⑤ a.

Ⅱ ① 2314 ② 3421

第 20 回

Ⅰ ① a. ② b. ③ a. ④ b. ⑤ a.

Ⅱ ① 4132 ② 3241

第 21 回
Ⅰ ① b. ② b. ③ b. ④ a. ⑤ b.
Ⅱ ① 2143 ② 4132

第 22 回
Ⅰ ① b. ② b. ③ a. ④ a. ⑤ b.
Ⅱ ① 1432 ② 3241

第 23 回
Ⅰ ① b. ② a. ③ b. ④ a. ⑤ a.
Ⅱ ① 1432 ② 3241

第 24 回
Ⅰ ① a. ② a. ③ a. ④ b. ⑤ a.
Ⅱ ① 1423 ② 3142

第 25 回
Ⅰ ① a. ② a. ③ a. ④ a. ⑤ b.
Ⅱ ① 3421 ② 2143

第 26 回
Ⅰ ① b. ② a. ③ a. ④ a. ⑤ b.
Ⅱ ① 4312 ② 3412

第 27 回
Ⅰ ① a. ② a. ③ b. ④ a.
Ⅱ ① 4132 ② 3142

第 28 回
Ⅰ ① b. ② b. ③ a. ④ b. ⑤ a.
Ⅱ ① 4312 ② 3124

第 29 回
Ⅰ ① a. ② a. ③ a. ④ b. ⑤ b.
Ⅱ ① 3241 ② 2134

第 30 回
Ⅰ ① a. ② b. ③ a. ④ a. ⑤ b.
Ⅱ ① 1342 ② 4213

第 31 回

Ⅰ ① a. ② b. ③ a. ④ b. ⑤ b.

Ⅱ ① 2314 ② 4312

第 32 回

Ⅰ ① a. ② b. ③ a. ④ b. ⑤ b.

Ⅱ ① 2143 ② 1432

第 33 回

Ⅰ ① a. ② b. ③ a. ④ b. ⑤ b.

Ⅱ ① 2341 ② 2314

第 34 回

Ⅰ ① b. ② a. ③ a. ④ b. ⑤ b.

Ⅱ ① 2314 ② 4123

第 35 回

Ⅰ ① a. ② a. ③ a. ④ b. ⑤ a.

Ⅱ ① 1432 ② 3241

第 36 回

Ⅰ ① b. ② a. a. ③ a. ④ b. b. ⑤ b. a.

Ⅱ ① 4231 ② 2134

第 37 回

Ⅰ ① b. ② a. ③ a. ④ b. ⑤ b.

Ⅱ ① 2413 ② 3241

第 38 回

Ⅰ ① a. ② a. ③ b. ④ b. ⑤ b.

Ⅱ ① 2143 ② 3142

第 39 回

Ⅰ ① b. ② a. ③ b. ④ a. ⑤ a.

Ⅱ ① 4312 ② 2143

第 40 回

Ⅰ ① b. ② a. ③ b. ④ a. ⑤ b.

Ⅱ ① 2314 ② 2143

第 41 回

Ⅰ ① b. ② b. ③ a. ④ b. ⑤ a.

Ⅱ ① 1432 ② 3241

第 42 回

Ⅰ ① b. ② a. ③ b. ④ b. ⑤ a.

Ⅱ ① 3214 ② 1432

第 43 回

Ⅰ ① a. ② b. ③ a. ④ b. ⑤ a.

Ⅱ ① 2134 ② 1324

第 44 回

Ⅰ ① a. ② a. ③ b. ④ b. ⑤ a.

Ⅱ ① 4123 ② 4231

第 45 回

Ⅰ ① a. ② b. ③ a. ④ b. ⑤ a.

Ⅱ ① 2413 ② 1342

第 46 回

Ⅰ ① b. ② b. ③ a. ④ a. ⑤ b.

Ⅱ ① 3124 ② 4213

第 47 回

Ⅰ ① b. ② a. ③ a. ④ b. ⑤ b.

Ⅱ ① 1432 ② 4231

第 48 回

Ⅰ ① a. ② b. ③ b. ④ b. ⑤ b.

Ⅱ ① 4312 ② 4132

第 49 回

Ⅰ ① b. ② a. ③ b. ④ b. ⑤ a.

Ⅱ ① 1243 ② 4231

第 50 回

Ⅰ ① b. ② a. ③ b. ④ b. ⑤ b.

Ⅱ ① 3214 ② 2143

索引

日檢滿點
07

絕對合格！
日檢文法機能分類
寶石題庫
N4

（16K+MP3）

發行人	林德勝
著者	吉松由美、西村惠子、大山和佳子 山田社日檢題庫小組
編者	李易真
出版發行	山田社文化事業有限公司 地址　臺北市大安區安和路一段112巷17號7樓 電話　02-2755-7622　02-2755-7628 傳真　02-2700-1887
郵政劃撥	19867160號　大原文化事業有限公司
總經銷	聯合發行股份有限公司 地址　新北市新店區寶橋路235巷6弄6號2樓 電話　02-2917-8022 傳真　02-2915-6275
印刷	上鎰數位科技印刷有限公司
法律顧問	林長振法律事務所　林長振律師
定價+MP3	新台幣310元
初版	2021年 11月

ISBN : 978-986-246-643-8
© 2021, Shan Tian She Culture Co. , Ltd.